'쏙쏙 시리즈' 첫 번째 이야기

쏙쏙 들어오는 **모세** 이야기 1

문화 콘텐츠 그룹
알티 나인

뜻이 하늘에서 이룬것 같이 땅에서도 이루어지이다. (마 6:10)

'쏙쏙 시리즈' 첫 번째 이야기

쏙쏙 들어오는 ① 모세 이야기

글 · 그림 **알티나인**

하늘기획

성경은 하나님의 말씀입니다. 또한 성경은 하나님의 구원 운동에 대한 계시의 말씀입니다. 성경을 바로 깨닫는 것은 우리의 신앙과 생활의 기초가 되는 것입니다. 그런데 성경의 여러 인물의 배후에는 하나님의 구원의 손길이 있고, 하나님의 오묘한 섭리가 있습니다. 이런 내용은 어린이들도 잘 알아야 하지만 장년들도 잘 알아야 합니다.

오늘의 한국 교회의 어린이용 도서의 대부분이 사건에 대한 재미 위주의 책이 많았습니다. 물론 오늘날은 영상시대이고 다양한 볼거리가 많은 세상인지라 성경을 제대로 읽지도 않을 뿐 아니라, 기독교 교육이 제대로 이루어지지 않는 시대입니다. 그런데 금번에 늘 좋은 책을 출판하는 「하늘기획」에서 새로운 아이디어로 어린이를 위한 만화 성경 이야기를 펴냈습니다. 이 책은 성경에 나타난 모세의 이야기를 아주 재미있으면서도, 교사가 학생들에게 하나님께서 모세를 어떻게 사용하시어 이스라엘을 구원했는지를 쉽게 풀이한 만화 입니다.

이 책은 아이들의 눈높이에 맞추면서도 성경의 깊은 뜻을 이해할 수 있도록 만든 것이 특이 합니다. 말하자면 이 책은 단순히 모세의 이야기를 기술하는 것이 아니라, 그 뜻을 잘 깨우치도록 하는데 정성을 들였습니다. 이 책을 읽으면서 하나님은 창조의 하나님이요 구원의 하나님이시며 동시에 심판의 하나님이심을 잘 가르쳐주고 있었습니다. 또한 이런 사건들은 결국 예수 그리스도의 오심과 연결되어 있다는 사실을 가르쳐 주고 있습니다. 그러므로 이 책은 어린이들의 읽을거리인 동시에, 어른의 전도용으로 읽혀도 손색이 없을 듯하여 몇 자 적어 추천 하고자 합니다.

2012년 4월

전 총신대 · 대신대 총장 정 성 구 박사

추천의 글 두 번째

괴테(Johhan Wolfgang von Goethe)의
파우스트(Faust)에는 이런 하나님의 말씀이 쓰여 있습니다.
"그가 지상에서 살고 있는 동안에는
네가 무슨 일을 하든 금하지 않겠노라.
인간은 노력하는 한 방황하는 법이니라"

인간은 자신의 힘으로 많은 노력을 하고 있지만
노력하는 만큼 많은 방황을 하고 있습니다.
여기, 인간이 노력하고도 방황하지 않는 길
그리고 인간의 방황을 끝내는 길이 있습니다.
바로 "모세 이야기" 입니다.

성경에서 나타난 하나님의 역사를
가장 생생하면서 쉽게 그리고 복음적으로 그려낸
지구상의 첫 작품이라고 자신할 수 있는 내용입니다.

나와 우리와 우리 자녀와 태어날 후대의 인생을
완전히 변화시켜 줄 것을 확신합니다.

2012년 4월 여름의 문턱에서

동부 교회 류 치 영 목사

모세는 매우 어려운 시대에 태어납니다. 그런 모세를 하나님께서는 죽을 위기에서 건지시고 이스라엘을 구할 지도자로 준비해 가십니다. 성경을 보면 하나님께서 이스라엘 백성들을 구하기 위해 어떻게 모세라는 지도자를 준비하시는지 알 수 있습니다. 하지만 많은 사람들이 성경에 대해서 오해를 하고 있거나 많은 부분을 놓치고 있습니다.

"쏙쏙 들어오는 모세이야기"는 모세의 인생을 통해 성경 속에 담겨진 하나님의 계획과 음성을 들려줍니다. 연령과 계층에 구분 없이 누구나 재미있고 쉽게 볼 수 있으며 성경을 잘 모르는 사람도 부담 없이 볼 수 있습니다. 또한 성경에 기록된 하나님의 말씀이 지나간 역사 속 이야기에 그치지 않고, 수많은 문제를 안고 현재를 살아가는 우리의 삶 속에도 적용될 수 있도록 내용을 구성하였습니다.

이 시대는 정보화 시대를 지나서 문화 컨텐츠 시대를 향하고 있습니다. 우리 아이들과 청소년들은 무분별하게 쏟아지는 문화에 무방비로 노출되어 있으며, 그로 인한 많은 부작용이 사회적 문제로 나타나고 있습니다. 이런 때일수록 기독교 문화가 올바른 영향력을 끼쳐야 하지만, 많은 이들의 노력에도 불구하고 기독교 문화 · 성경적 문화의 극심한 가뭄에 시달리고 있습니다. "쏙쏙 시리즈"가 이런 때에 단비 같은 존재가 되길 바랍니다. 그리고 성경적 문화가 부흥하여, 기독교만의 문화를 넘어 세상에 영향을 주는 문화로 발전되기를 기도합니다.

글쓴이 하집사의 한마디

글을 쓰기 위해 따로 공부한 적도 없고 특별히 글을 써본 적도 없습니다.
처음부터 끝까지 하나님의 은혜와 인도가 없이 진행된 것은 단 한 개도 없습니다.
모든 것을 하나님이 하셨음을 고백하고, 부족한 저를 문화 살릴 문화선교사로 사용하심에
감사와 영광을 돌려드립니다.
그리고 기도로 도와주신 많은 분들에게 감사드리며,
특히 살아있는 말씀을 전해주신 목사님,
언제나 기도배경이 되어준 우리 가족들,
그리고 나의 브리스가...

사랑합니다.

그린이 찬집사의 한마디

주는 그리스도시요 살아계신 하나님의 아들이시니이다.
 마태복음 16장 16절

...너는 힘써 대장부가 되고, 네 하나님 여호와의 명령을 지켜 그 길로 행하라.
 열왕기상 2장 2-3절

사랑하는 우리의 후대와 전 세대에 그리스도의 복음만이 전달되기를 소망합니다.
한없이 부족한 제가 이 복음이 전달되는데 도구로 사용되어질 수 있도록, 과거부터 미래까지 모든
것을 인도하시는 하나님께 최고의 영광을 올려드립니다.
기도로 응원해 주신 모든 분들과 사랑하는 부모님과 재영, 그리고 쏙쏙 시리즈가 도서로 출간될 수
있도록 도움주신 하늘기획에 감사드립니다.

쏙쏙 들어오는 모세이야기 차례

쏙쏙 들어오는 모세 이야기 등장인물

모세

이 이야기의 주인공.
평범한 성격을 가지고
있지만 하나님의 계획에
따라 이스라엘의 지도자로
준비된다.

사랑이

감성이 풍부한 여자아이.
성경에 등장하는 영웅이나
기적에 관심이 많다.

기쁨이

매우 현실적인 남자아이.
눈에 보이는 것이 아니면 믿지 않으며
성경을 신화나 판타지 소설 정도로 생각한다.

아빠

사랑이와 기쁨이의 아빠.
성경 이야기를 쉽고
재미있게 들려준다.

바로왕
애굽의 왕. 지는 것을
매우 싫어하고 고집이
엄청 세다.

요술사
왕의 측근.
여러 가지 요술을
부려서 왕을 돕는다.

요술사

아론

모세의 형.
언변이 좋아 모세의
대변자 역할을 한다.

미리암

모세의 누이.
모세를 건진 공주에게
어머니 요게벳을 유모로
소개해준다.

요게벳

모세의 엄마.
레위 출신이고,
모세의 유모가 되어
왕궁에서 지내게 된다.

아므람

모세의 아빠.
요게벳과 같은
레위 출신이다.

이드로

모세의 장인.
갈 곳 없는 모세를
받아주고 딸 십보라와
이어준다.

십보라

모세의 부인.
어려서부터 현명하고
착하여 이드로가
많이 아끼는 딸.

모세가 되고 싶은 기쁨이

쨱 ~
쨱쨱

이~~~얏!!!
깜짝

왜!
왜!
도대체 왜~~
물이 갈라지지 않는 거야!?!?

다시 도전!!
이~야~~~~압!!!

아아~~~ 시끄러, 시끄러!!!
쾅

기쁨이 너! 도대체 몇 번을 말해야 그만할 거야!? 이번엔 가만두지 않겠어!!!

내 손에 잡히면....
어머~!!!

안녕하세요!!
방가방가!!
저는 완전 깜찍 발랄 러블리한 '사랑'이에요~

제 소개를 했으니 우리 가족들도 소개해 드릴게요.

이게 저에요. '사랑'이! 어때요? 사진 속에서도 예쁘죠?

이쪽은 우리 아빠. 엄마 다음으로 제가 제일 사랑하는 분이랍니다! 쉿~!!! 아빠한테는 비밀이에요~

그리고 여기 보이는 사람이 제가 가장 사랑하는 우리 엄마!

지금은 멀리 여행 중이신데 '성지순례'를 하시는 거래요. 히잉~ 엄마 보고 싶다 ….

그리고 마지막으로 제 쌍둥이 동생 '기쁨'이에요. 제가 2초 빨리 태어났을 뿐이지만, 엄연히 제가 누나랍니다! 호호호~

얍~~~!!!
얍!!! 얍!!
얍!!! 얍!!
얍!!! 얍!!
아이쿠

얍!
얍!
얍!
얍!
얍!
얏!
얏!
얏!
어휴...
또 시작이네~
또, 또.....

저번 주에 주일학교 선생님이 모세의 기적에
대해서 이야기 해주셨는데
콰아아아

완전 신기했어요. 바다가 갈라지다니...!!
저는 모세님의 팬이 됐어요!
모세님 완전 멋짐~

근데, 기쁨이는 그걸 듣고는
자기도 물을 갈라보겠다나 뭐라나.....
호잇

그러면서 몇 일째 저러고 있어요.
에휴~~~ 정말 못 말리는 동생이야.
에~잇! 누가 이기나
한 번 해보자 이거지!?
파앗

으~~~~
손가락 끝에 힘을
모으고, 정신을
가다듬고서~
집중!
집중!!
집중!!!

이~야~~~~압!!!
부웅

파앗
…..

출렁

이…이씨…
왜!! 왜 안 갈라
지는 거야??
…..
…..

이런 바보~
그건 모세니까
가능 한 거래도~
!?

정말 완전
어린애라니깐....
에휴~골치야.
내 눈으로 물이
갈라지는 걸
꼭 확인 해야겠어!

얍!
…. ….

얍!
…. ….

얍!
…. …. ….

아~~!!
왜!!!
왜 물이 갈라지지
않는 거냐고!!!
바둥바둥

이것봐~ 혹시나 했는데
역시나 였어!!! 처음부터
믿지도 않았지만,
성경은 전부 거짓말
투성이라고!!!!
쳇

짠~~~!!!
기쁨아~~!!!
으아~~ 놀래라!
어! 아빠다!
깜짝

놀랬잖아 아빠~! 그리고 아빠도 나한테 거짓말 한거지? 아무리 해도 물은 갈라지지 않는다고~!!!
어휴~ 저 고집불통!
샤샥

모세의 홍해 사건은 거짓말이 아니야 기쁨아~
스윽
엥?!

성경에는 홍해가 갈라졌다고 기록되어 있고 그것은 분명한 사실이지..!
BIBLE
끄덕 끄덕

그런데 모세가 홍해를 가른 것만이 전부는 아니야.
?
?!

모세 = 영웅 홍해의 기적
엥? 도대체 무슨 말이야...
모세는 홍해 빼면 시체 아닌가?

물론 모세하면 홍해의 기적이 가장 먼저 떠오르지만
불룩~
불룩~
BIBLE

하나님은 모세 이야기를 통해서 우리에게 더 많은 것들을 전달하고자 하신단다.
파앗

복음 언약 그리스도 예수 십자가
어린양 유월절 신분 해방 예배 말씀
오옷!
BIBLE
이렇게나 많이!!??

우리 사랑이는 모세를 영웅으로만 보고, 우리 기쁨이는 성경을 믿지 않는구나?
무슨 소리야~과학적으로 완전히 불가능하다고!!
응~응~히어로! 완전 영웅이야!!!

흐음~~
그럼 가만히 있어보자...
음~~~~
갸우뚱

좋아!!
결정했다!!!
응?
탁

도대체, 뭘????

아빠가 오늘부터 모세이야기를 들려줄게! 어때, 신나지?
짜잔~

우~~~와!! 좋아 좋아!!!
뭐 그다지... 나는 별로....
휙

기쁨아~ 도망가지 말고 한번 들어봐.
아빠가 쏙쏙 들어오게 이야기 해줄게.
우왓!

Hi~ 반가워요. 모세라고 합니다. 잘 부탁해요~
하나님께서 모세 이야기를 통해 우리에게 무엇을 전하고자 하시는지 같이 알아보자.
와~ 모세님이다. 방가 방가~

아빠! 모세는 태어날 때부터 특별했어요?

그럼 먼저 모세가 어떻게 태어나고 어떻게 자라는지 들어볼까?

피라미드로 유명한 이집트 알지?
옛날에는 애굽이라고 불렀는데,

이 애굽은 막강한 군사력과 경제력을 자랑하는 어마어마한 강대국이었지.
와아
와아아

모세는 이 애굽에서 태어났단다.
그럼 모세는 애굽 사람인가? 애굽인???

모세는 이스라엘 사람이야.
애굽에서 태어났는데 왜 이스라엘 사람이야??

그러면 이스라엘 사람들이 어쩌다가 애굽에 살게 되었는지부터 들어볼까?
끄덕 끄덕
응~응~

모세가 태어나기 한참 전에 일어난 일인데,

요셉이라는 한 이스라엘 청년이 30세라는 젊은 나이에
I am 30 years old.

애굽의 총리가 되는 놀라운 일이 생겼어.
요셉 만세~!
요셉 멋져요~
요셉 만세~
요셉 만만세~

총리?
총리가 뭐야?? 대단한 거야?

그렇지~ 그 당시에 총리면 왕 다음으로 높은 직위였으니까.

[유대인의 결혼식]

유대인에게 결혼식은 신랑신부의 모든 과거의 죄가 용서되는 날이고 새로운 삶이 시작되는 날입니다. 그래서 신랑신부는 결혼식 전날부터 금식을 하면서 경건한 마음으로 새로운 가정을 이룰 준비를 합니다.

결혼식은 검소하게 치러지는데, 신랑은 흰 남방에 평상복을 입고 신부는 수수한 하얀 드레스와 흰 베일을 착용 합니다. 신부의 베일은 겸손함을 의미하며, 외면보다 내면을 더 아름답고 소중하게 여긴다는 것을 의미하지요.

결혼반지는 아무런 흠이 없는 금속으로 만들어진 것으로 하며, 어떠한 보석도 박지 않습니다. 보석을 박으면 반지에 흠이 가서 결혼반지로써의 가치를 잃는다고 생각하기 때문이지요. 흠이 없는 반지는 신랑신부가 흠 없이 온전히 하나 됨을 의미합니다.

결혼식이 끝나면 신랑은 유리잔을 발로 밟아 깨트리는데, 이 의식에는 몇 가지 의미가 있습니다. 첫째로는 조상들이 하나님의 말씀에 불순종하였을 때에 성전이 허물어졌음을 기억하기 위해서이고, 두 번째로는 깨진 유리잔이 원래대로 돌아오지 않듯이 결혼도 되돌릴 수 없는 영원한 것임을 다짐하는 것입니다.

모세가 태어난 나라

그런데 그걸 30세에 했다고!?
아빠보다 훨씬 어린 나이에!?!?

게다가 다른 나라에서 온 사람이 그 자리에 오를 수 있었다는 것은 매우 놀라운 사실이지.
요셉!
요셉!
요셉!
꽃보다 요셉♥

오~~~~~!! 요셉 짱이다!!
파닥
파닥

물론, 요셉이 대단한 것도 있겠지만

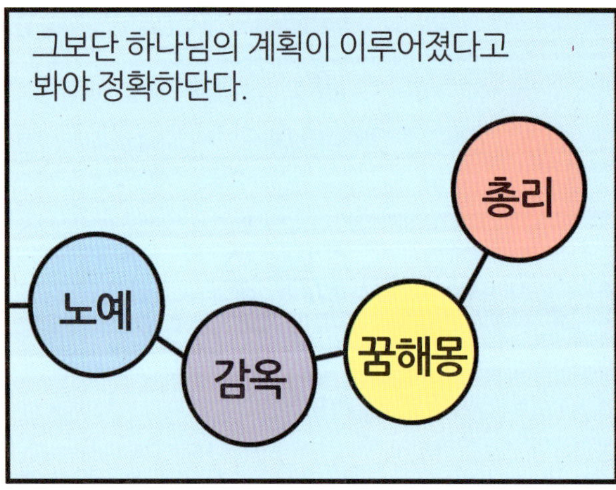

그보단 하나님의 계획이 이루어졌다고 봐야 정확하단다.
총리
노예
감옥
꿈해몽

요셉에 대해서는 다음에 더 자세히 이야기 해주기로 하고..
안녕~ 다음 시즌에 꼭 만나요.
바이~ 바이~

이 요셉 때에 70명의 이스라엘 사람들이
애굽으로 이동하게 되는데
영차~

소수였던 이스라엘 사람들은 애굽에서
크게 번성하게 되지.
Mediterranean Sea
Cairo
JORDAN
Sinai
Desert

이것은 하나님께서 하신 약속이
그대로 이루어진 것이란다.
BIBLE

하나님이 이르시되
나는 하나님이라 네 아버지의
하나님이니 애굽으로 내려가기를
두려워하지 말라
내가 거기서 너로 큰 민족을
이루게 하리라

[창세기 46장 3절]

그리고 세월이 많이 흘러 요셉을 알지
못하는 왕이 세워졌는데
요셉?
요셉이
누구??
이 왕에게는 큰 근심이 있었어.
근심

그 근심은 계속해서 늘어나는 이스라엘 백성 때문이었지.
뽕
뽕 뽕
뽕
뽕

애굽에 사는 이스라엘 인구 430년만에 70명에서 무려
1,000,000 명 !!!
와~
시끌 시끌
웅성 웅성

애굽의 왕은 세력이 커진 이스라엘 백성들이
어흥!
깜짝

다른 나라와 동맹을 맺을까 두려웠던 거지.
크로스~
동맹!
이스라엘
주변국가

엄청 고민되나보다. 가만히 있지를 못하네.
중얼 중얼
중얼
중얼 중얼
중얼
중얼
중얼 중얼
안절 부절
그러게~
조마 조마

그래서 왕은 고민 끝에 명령을 내린단다.
그래,
결심했어!!!

이스라엘 백성들을 학대하고
엄청난 노동을 하게 하라!!!

왕의 명령대로 이스라엘 백성들은 학대당하고,
많은 노동으로 엄청난 고생을 하게 되었지만
짝
짝
크헉...
헉...
일해라.
일!!!

후후후~ 벌레 같은
이스라엘 백성들의 숫자가
팍팍 줄어 들었겠지?
얼마나
줄었나
세어볼까?
딱!

헐.... 설마 이게 전부 최근 태어난
이스라엘 아이들의
명단이라고???
뭐가 이렇게 많아??!!

어떻게 된 일인지 이스라엘 백성의 숫자는 줄기는커녕 2배, 3배 마구 늘어갔단다.

엥!!!
뭐야!?
도대체! 왜!?!?

독한 놈들!
바퀴벌레 같이 끈질긴 이스라엘 노예놈들!!!!!

그래!
이 방법 밖에 없어!!
콰
쾅

참다못한 왕은 극단적인 선택을 하게 되는데
지금 부터
당장

갓 태어난 이스라엘 의 모든 사내아이를 나일강에 던져 버리라는 명령을 내렸단다.
풍덩

와~ 진짜 나쁘다!
아기들을 강에 던졌다고??? 잔인해!!
쿠오오오
......

잠깐!
그럼 이스라엘은 어떻게 되는 거야?
모세는?
모세도 꼼짝없이 죽는 거 아냐?!

그렇지 이스라엘은 망하고 모세는 죽게 될 상황이 된 거지.

치.... 하나님 믿어도 소용없네...

자자~ 기쁨아 진정하고, 아직 이야기는 시작되지도 않았단다.
흥 흥 흥

하나님께서 이런 어려운 상황에서 모세를 어떻게 보호하시는지 한번 지켜볼까?

모세의 부모님은 모두 레위지파의 사람이었는데
레위지파?

이스라엘에는 12개의 지파가 있었는데
르우벤, 시므온, 레위, 유다, 스블론, 잇사갈, 단, 갓, 아셀, 납달리, 요셉, 베냐민

그 중 레위지파는 예배를 담당한 지파로, 예배와 관련된 모든 것을 준비하고 관리했단다.

가장 예배와 가까이에 있고 하나님의 말씀을 잘 아는 사람들이라 할 수 있는데, 지금으로 말하자면 목사님이라고 생각하면 될 거야.
할렐루야~ 주는 그리스도시요
살아계신 하나님의 아들이십니다

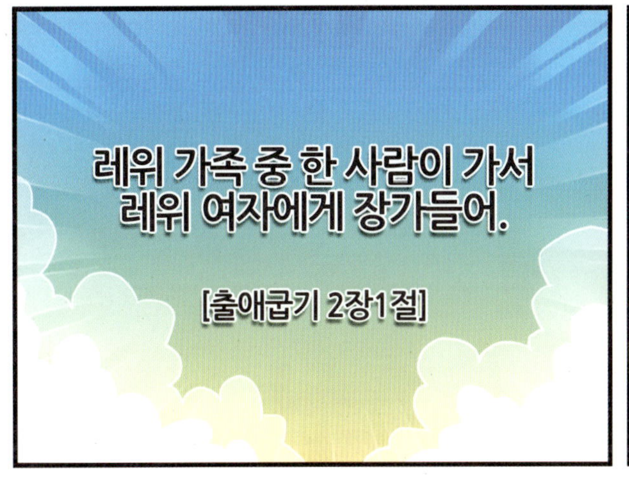

레위 가족 중 한 사람이 가서
레위 여자에게 장가들어.

[출애굽기 2장1절]

이 레위 지파의 남자와 여자가 결혼을 하고
달링

그 사이에서 모세라는 시대적인 인물이
태어난 거란다.
까르르

모세의 엄마, 아빠에게는 하나님의 말씀이
있었기 때문에 모세에게 그 말씀이 전달 될
수 있었던 것이지.

이렇게, 부모가 가진 것이 자녀한테 그대로 전달되기 때문에
부모의 역할이 매우 중요한 거야.
너는 최고의
해적왕이 되어라.
너는 최고의
신앙인이 되어라.
BIBLE

성경을 가만히 보면, 하나님이 사용하시는 사람은 언제나

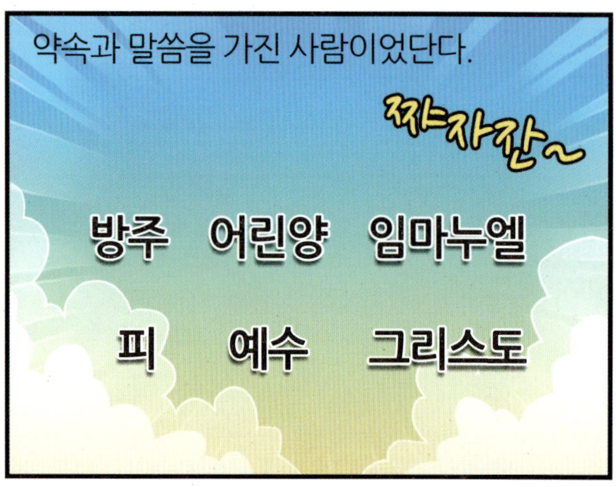

약속과 말씀을 가진 사람이었단다.
짜잔~
방주   어린양   임마누엘
피   예수   그리스도

와~ 그럼 엄마랑 아빠도?

그렇지! 그래서 이렇게 하나님을 믿는 사랑이와 기쁨이가 있게 된 거지.
후다닥

아 그렇구나. 엄마, 아빠 완전 최고야!

우리 사랑이, 기쁨이가 하나님을 믿는 아빠, 엄마를 만났듯이, 모세 또한 그랬던 거지.

이 녀석은 분명 큰 인물이 되서 우리 이스라엘의 중요한 인물이 될 거야. 얼굴에서 광채가... 장난 아니네...
저도 같은 느낌이 들어요. 우리 어떻게 해서든 이 아이를 지켜봐요.
반짝
반짝

그래서 모세의 부모는 애굽 병사들에게 들키지 않기 위해 모세를 집에다 몰래 숨겼고

그렇게 석 달 동안은 별일 없이 지나갔어. 그런데...
샅샅이 뒤져라!
네!
네!

이런.... 무슨 울음소리가 이렇게 크니.이러다가 들키겠어...
응어
응어

점점 커지는 모세의 우렁찬 울음소리 때문에 더 이상은 숨길 수 없게 되자
응애
응애
응애

모세를 강가에 띄워 병사들의 손이 닿지 않는 곳으로 보내기로 하고, 모세를 보호해줄 갈대상자를 준비했단다.

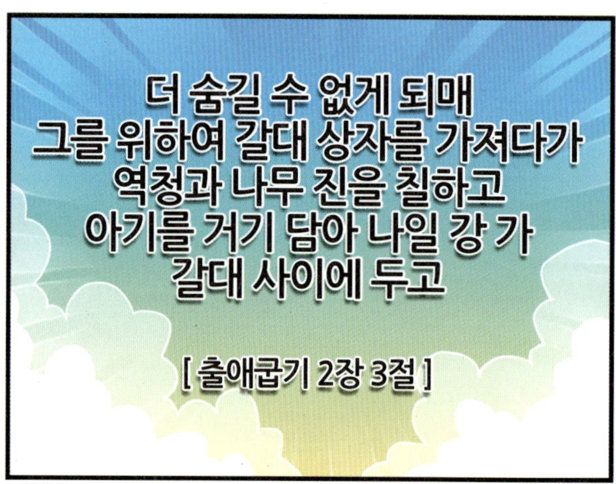
더 숨길 수 없게 되매
그를 위하여 갈대 상자를 가져다가
역청과 나무 진을 칠하고
아기를 거기 담아 나일 강 가
갈대 사이에 두고

[출애굽기 2장 3절]

여기서 갈대상자에 칠한 역청은 석유의 일종으로 방수역할을 해주는데
역청
나무진

지금으로 말하면 도로를 포장할 때 쓰이는 아스팔트와 같은 거라고 보면 돼.
부응

이 역청과 관련된 이야기가 하나 있는데, 록펠러라는 이름을 들어 봤을 거야.
록펠러!?

록펠러는 역사상 최고의 부자로 십일조의 응답을 받은 대표적인 모델이란다.
석유의 왕.
록펠러!!!
John Davison
Rockefeller
1893-1937

믿음의 사람에게는 믿음의 사람이 붙는다고 하는데, 록펠러의 주변에도 믿음 좋은 사람들이 많이 있었어.
하하하
오~
웅성 웅성
웅성 웅성

그 중에 매일 성경책을 읽는 직원이 있었는데
오늘도 하나님의 말씀으로 하루를 시작해야지~
BIBLE

어느 날은 이 직원이 평소와 같이 성경책을 읽다가

출애굽기에서 갈대상자에 역청을 칠하는 구절을 읽고 그 지역에 석유가 매장되어 있을 것이라고 생각하게 되었어.
설마!?

그래서 곧바로 조사단을 구성해 성경에 기록된 장소로 파견하는데
슝
미국
이집트

그곳에서 어마어마한 유전이 발견된 거야.
펑!
오~마이 갓!!!!
어메이징 !!!!

오호~그럼 나도 성경을 읽으면 록펠러 같은 부자가 될 수 있는 거야?
번쩍
번쩍

그럴 수도 있겠지만, 그것이 응답의 기준은 아니지!
척!

성경에는 돈하고 비교할 수 없는 더 가치 있는 것들이 많이 담겨있는걸?
진짜?

모세는 이 역청이 칠해진 갈대상자에 담겨서
걱정하지 마라 아들아. 너는 혼자가 아니란다.
아잉

나일 강 위에 띄워지게 되는데
…… ……

강에 띄워진 모세

모세의 부모님은 모세의 친누나 미리암에게 지켜보도록 한 뒤
미리암
휴다닥

집으로 돌아가 하나님께 간절히 기도 드렸단다.
하나님 모세를 지켜 보호하소서~

여기서 모세가 타고 있는 갈대상자에 대해서 알아볼 건데, 그보다 먼저 이것이 기록되어있는 성경에 대해서 알아보자.

성경이 구약과 신약으로 구분되어 있는 것은 알고 있지?
BIBLE
구약
신약

아빠 나도 그 정도는 알아! 성경책의 앞부분이 구약이고 뒷부분이 신약이잖아? 그리고 구약이 더 옛날에 만들어진 거고~

사랑이가 잘 알고 있네. 그런데 아빠가 더 자세하고 정확하게 설명해 줄게.

성경은 그리스도를 중심으로 기록되어 있고
그리스도를 기준으로 분류되어 있는데

그리스도
(Christ)

구약은
그리스도께서
오시기 전!

신약은
그리스도께서
오신 후!

구약은 인간의 근본문제를 해결하시고 구원
하실 그리스도께서 오실 것이라는 내용이고

읍!

꽈악!

신약은 그 그리스도가 예수님이시고
이분께서 모든 근본문제를 해결
하셨다는 내용이란다.

쾅!

구약은
그리스도께서
오실 꺼다

신약은
그리스도께서
오셨다!

하하~ 쏙쏙
들어오는데!?

즉, 성경의 핵심 키워드는
'그리스도'라고 할 수 있지.

그리스도

그럼 그리스도만 알면 나머지 성경은 필요 없겠네?
그런데 왜 그렇게 두껍게 만든 거야?

그리스도가 핵심 키워드인 것은 분명하지만 그렇다고 다른 내용들이 필요 없는 것은 아니야.

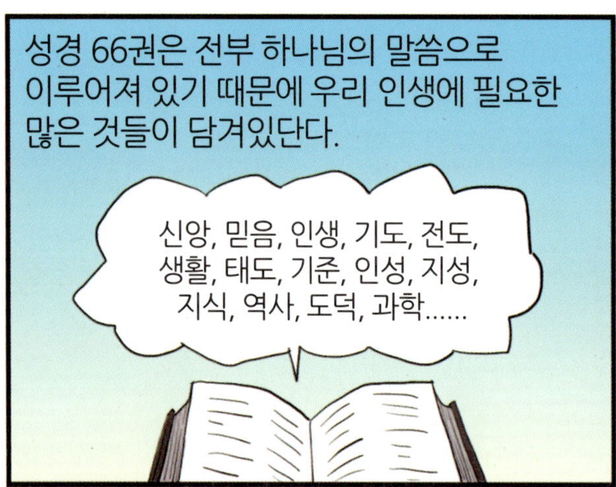

성경 66권은 전부 하나님의 말씀으로 이루어져 있기 때문에 우리 인생에 필요한 많은 것들이 담겨있단다.
신앙, 믿음, 인생, 기도, 전도, 생활, 태도, 기준, 인성, 지성, 지식, 역사, 도덕, 과학......

그나저나 성경은 전부 사람이 직접 기록한 거잖아?
그런데 왜 '하나님의 말씀' 이라고 하는 거야??

하나님께서는 사람을 선택하셔서 그들이 하나님의 영에 감동을 받아 성경을 기록하게 하셨고
하나님께서 주신 지혜로 기록하게 하소서.

그들이 하나님의 말씀을 오류 없이 쓸 수 있도록 인도해 주셨단다.
슥슥 슥슥슥

그렇기 때문에 예수님이 오시기 4000년 전에 이미 예수님의 생애가 정확하게 예언 될 수 있었던 것이지.

처녀의 몸	나 귀	예 수
임마누엘	제 자	찔 림
십 자 가	부 활	

하지만 예수님은 이런 기대와는 전혀 다른 모습으로 오셨어.
헬로우~ 아이 엠 지저스!

그분은 가장 낮은 모습으로 오셔서 사람들을 가르치시고 고쳐 주셨으며, 천국 복음을 전해 주셨단다.
네 믿음대로 치유되었도다.
감사합니다. 예수님.

유대인들은 4000년 동안 그리스도를 기다려 왔지만, 자신들의 문제를 해결해 줄 그리스도만을 기대했고
주님, 어서 오시옵소서...

그리스도께서 진정한 만왕의 왕으로 오셨음에도, 자신들의 생각과 다르다는 이유로 그리스도를 믿지도, 인정하지도 않은 거지.

마치 이런 그림이랄까...
나 여기 있다고! 여기! 여기!!!
우리를 구해줄 구세주는 언제나 오시려나.
언젠간 오시겠지. 우리 조금 더 기도하면서 기다려 보아요.

구약은 히브리어로, 신약은 헬라어로 쓰여
있는데, 그것을 번역한 것을 지금 우리가
보고 있는 거란다.

갈대상자는 히브리어로 tebah(테바)라고
하는데, 이 단어는 성경에서 딱 두 번만
사용됐어.

한번은 모세가 담겨있는 갈대상자에
한번은 노아의 방주에...
[노아방주 = תֵּבָה (tebah) = 갈대상자]
노아의 방주
갈대상자

아빠 그런데~~
같은 단어가
사용됐다는 것이
무슨 의미야?

노아의 방주와 갈대상자가
동일한 것을 상징한다는 의미야.

모세는 이 갈대상자를 타고 흘러가다가
애굽의 공주에게 건져지게 되는데
어머~
웬 아이가!

노아가 테바를 타고 죽지 않았듯이
모세 또한 테바를 타고 죽음에서
건져진 것이지.
. . . . .

결국 이 테바라는 것은 우리를 보호하시고
죽음 가운데서 건지신 예수 그리스도를
상징하는 거란다.
다 이루었도다.

오오!
갈대상자에
그런 뜻이??!!
신기해!!!!

완전 신기하지???
응!!!
살짝?!

갈대상자가
상징하는 것이
그리스도
였다면,
테바라는
이름 자체에
또 다른 의미가
남겨져 있어.
또??
까먹지 않게
적어야겠다.
갈대상자..
테바..
방주..
그리스도..

테바는 배가 아닌 상자라는 뜻인데
SHIP
BOX

상자는 배와 다르게 스스로 움직이거나
방향을 바꿀 수 없어.
BOX

심지어 방주는 문조차도 스스로 닫을 수가 없었단다.

우리의 인생도 이 상자를 탄 것처럼
얍!
첨벙 첨벙

하나님께 의지하고 하나님께서 이끄시는 대로 가면 되는 거야.
쏴아아

뭐야~그러면 가만히 있으라는 말이야?!
꾸물 꾸물

그럴 수는 없지~ 내가 손으로 저으면 더 빨리 갈 수 있어!!! 아자자잣!!!
첨벙
첨벙
첨벙

풍덩
우왓!

하나님의 인도가 느리고 먼 길을 돌아가는 것처럼 보이지만 절대 그렇지 않아.
에~~~~취!!!
ㅋㅋㅋ 쌤통이다.

이런 하나님의 인도 속에서 모세는 애굽의 공주에게 키워지게 되었어.
이 아기를 잘 돌보도록 하여라.

공주시여... 보아하니 이스라엘 아이로 보이는데 이스라엘 사람으로 유모를 구하심이 좋으실 것 같습니다.
그런데 너는 누구냐?
미리암이라고 하옵니다.

갈대상자를 지켜보던 미리암은 공주에게 유모를 소개시켜 주게 되었고
그것 참 좋은 생각이다. 그럼 네가 책임지고 유모를 구해오너라.

모세의 친 어머니인 요게벳을 유모로 소개해 주었어.
요게벳이라고 하옵니다.

공주는 요게벳을 모세의 유모로 삼고 왕궁에 살도록 했는데
너는 왕궁에 거주하면서 나를 위하여 이 아이에게 젖을 먹이거라.

[록펠러 어머니의 가르침]

1. 하나님을 친아버지 이상으로 섬겨라.

2. 목사님을 하나님 다음으로 섬겨라.

3. 주일 예배는 본 교회에서 드려라.

4. 십일조는 하나님의 것이므로 먼저 구별한 후 나머지를 사용하여야 한다.

5. 아무도 원수로 만들지 말라.

6. 아침에 목표를 세우고 기도하라.

7. 잠자리에 들기 전 하루를 반성하고 기도하라.

8. 아침에는 꼭 하나님 말씀을 읽어라.

9. 남을 도울 수 있으면 힘껏 도우라.

10. 예배 시간에 항상 앞에 앉으라.

왕자가 된 모세

이로써, 모세는 생명도 잃지 않고 어머니의 품에서 안전하게 자랄 수 있게 된 거야, 그것도 왕궁에서!
까꿍~

어때? 하나님의 계획은 참 놀랍지 않아?
응!! 완전 짱이야!!! 그럼 모세는 왕자가 되는 거야?
얍!!!
얍!!!

그렇지. 모세는 애굽의 왕자가 되어

최고의 왕궁 교육을 받으며 자라게 되었지.

그리고 왕궁 교육과 함께 유모이자 어머니인 요게벳을 통해
모세 엄마, 요게벳 이에요.
다들 기억하고 계시죠?

매일 매일 하나님의 말씀을 들으면서
하나님께서 말씀하시길~

철저한 하나님의 계획 가운데 이스라엘의 지도자로 준비 된 거야.
엘리트 교육 + 말씀

믿음과 기능을 겸비한 엘리트로 말이지.
믿음
기능

믿음만 있으면 세상의 엘리트들을 상대할 수 없고
쿵
믿음

기능만 있다면 하나님께서 쓰시지 않겠지.
기능
쾅

우리 사랑이와 기쁨이가 믿음과 기능을 균형 있게 준비한다면, 분명 하나님께서 크게 사용하실 거야.

믿음과 기능!!!
슝
슝

시간이 흐르고 모세는 한나라의 어엿한 왕자의 모습을 갖추게 되었고

많은 사람들이 그를 좋아했고 따르게 되었어.
모세 짱!!!

모세는 화려하고 풍족한 왕궁생활을 누렸지만

마음 한 구석에는 항상 동족 이스라엘 사람에 대한 관심이 가득했단다.

유모이자, 친어머니인 요게벳을 통해 이스라엘에 대한 이야기를 들으며 자랐던 모세에게

고통 받는 이스라엘 백성들의 모습을 가까이에서 지켜보는 것은 굉장히 괴로운 일이었지.
짝 짝
짝

모세야! 너는 하나님의 자녀이고 이스라엘 사람이란다. 이스라엘 사람들을 보호해줘야 한다는 것을 명심하거라.

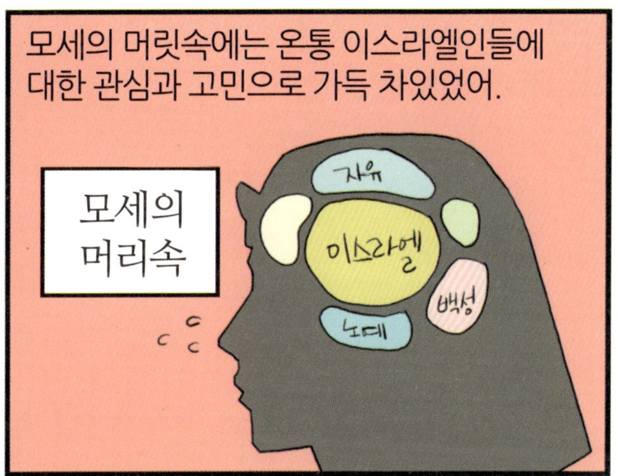

모세의 머릿속에는 온통 이스라엘인들에 대한 관심과 고민으로 가득 차있었어.
모세의 머리속
자유
이스라엘
노예
백성

그러던 어느 날!!!
이 벌레 같은 이스라엘 노예 놈들아!

모세는 더 이상 참지 못하고 이스라엘 백성을 지키기 위해 달려가는데
아픈척 그만하란 말이다. 이 벌레 같은 놈들!
저러다 죽겠는걸!!!
으 으 으 으

그만해! 그러다 죽겠어!!!
쳇, 어디 한번 네가 믿는 하나님을 불러내봐!

모세는 병사를 밀어내고 이스라엘 백성을 구하지만...
펙!!!
우왓!!

병사는 잘못 넘어져 돌에 머리를 부딪치게 되고 그 자리에서 죽게 되는데
쿵!
아얏!

생각지도 못한 상황에 놀란 모세는 죽은 병사를 모래 속에 숨겼단다.
죽은 자는 말이 없다...

하지만 죄책감과 두려움에 밤새 잠을 못 이뤘지.
말도 안돼, 내가 사람을 죽이다니...
아아~그렇게까지 할 생각은 아니었는데....ㅠㅠ
이스라엘 사람들이 나를 고발하면 어쩌지?

모세는 이스라엘 백성들이 자신을 따라줄 것이라고 기대하지만
그래도 내 편에 서 주겠지?

그들은 오히려 모세를 살인자로 여기고 피했지.
후다다닥

그리고 모세가 사람을 죽였다는 사실은 금방 소문으로 퍼졌단다.

아아.... 내가 도대체 뭘 한거지?

얼마 지나지 않아 왕에게도 이 소식이 전해지게 되는데
모세가 사람을 죽였다고?

왕은 모세를 항상 경계했었는데, 그럴 수밖에 없는 배경이 있었어.
모세를 없앨 수 있는 절호의 기회로다!

모세를 양자로 삼은 공주는 핫셉수트라는 여인인데 이스라엘인 남아를 죽이도록 명령한 투트모시스1세의 장녀란다.
투트모시스 1세
핫셉수트 (장녀)

핫셉수트는 이복동생인 투트모시스2세와 결혼하지만 그 사이에는 자식이 없었지.
핫셉수트
투트모시스 2세

결국, 투트모시스2세와 첩 사이에 태어난 투트모시스3세가 왕위를 잇게 되지만

핫셉수트는 투트모시스3세가 첩의 자식이고 왕위에 오르기에는 어리다는 이유로 스스로 여왕의 자리에 올랐어.

그렇게 22년간의 통치가 있은 후, 투트모시스3세는 비로소 왕의 자리를 되찾게 되었는데

그는 왕의 자리를 20년 동안이나 빼앗겼던 것을 굉장히 분하게 생각했단다.

그런 투트모시스3세에게 의붓어머니 핫셉수트와 이복형제 모세는 눈에 가시 같은 존재였지.

게다가 사건 조사 과정에서 모세가 이스라엘인이라는 사실이 밝혀지자 더욱 분노하게 된 거야.

그 당시 왕족은 절대권력을 가지고 있었기 때문에 왕자 모세의 살인이 그다지 큰 죄가 되진 않았지만

왕은 이 일을 빌미로 모세를 없애고 싶어 한 것이지.
모세를 잡아라!!!

왕의 명령으로 병사들은 모세를 쫓고
모세를 잡아라.
살인자 모세!!!

모세는 병사들을 피해 성 밖으로 도망간단다.
일단 살고 봐야지~ ㅠㅠ

왕자의 신분으로 왕이 될 수도 있었던 모세가
왕자
왕궁
갈대 상자

졸지에 갈 곳 없는 도망자 신분이 되어버린 것이지.
휙
앗!

도망자가 된 모세

모세는 그렇게 살기 위해서
멀리멀리 도망가는데
The Great Sea
CANAAN
EGYPT
SINAI

이집트를 벗어나 사막을 지나서
미디안 땅에 이르게 된단다.

지친 모세는 한 우물가에서 휴식을 취하는데
아...
우물이다.
도망치는 동안
거지꼴이 된 모세

휴.... 그런데
이제 어디로
가야되나....
응? 무슨
일이지?
왜이래요!?
저리가라기!!

어이~ 여긴
우리 땅이라고~!
건방지게 여자들끼리
이런곳을 돌아다녀?
시간있수? ㅋㅋㅋ
왜이래
이사람들!
히히
히히
히히

정의감 있는 모세는 곤경에 처한 여자
목동들을 도와주었지.
레이디
퍼스트!!!
깨갱

덕분에 양들을 배불리 먹일 수 있게 되었어요. 감사의 표시로 저희 집에 초대해 작은 대접이라도 하게 해주세요.

흠흠~여러분의 마음이 정말로 그러시다면
배는 고프지 않지만 여러분의 초대에 응하도록 하겠습니다.
꼬륵
꼬륵
꼬르르르륵!
끄르륵
꼬르륵!

이렇게 모세는 여자 목동들에게 초대받게 되고 그들의 집에 방문하게 돼.

여기가 저희들이 사는 곳이에요.
아버지~ 저희 왔어요.
이드로의 촌락

하하...우리 아버지세요. 원래 부드러운 분인데 오늘은 쪼~~끔 피곤하신가 봐요.
아니, 웬 남정네를!?

지금 모습은 쫌 그렇지만 왠지 마음에 드는 청년이군! 어딘가 모르게 믿음이 가게 생겼어~
하하하... 일단 저리로 따해야겠다...

이렇게 모세는 이드로의 집에서
머물게 되었지.
딱히 갈곳이 없으면
여기서 머물러도 좋다네~
틱

모세를 좋게 본 이드로는 자신의 일곱 딸 중
한명인 십보라와 모세를 이어주는데
안녕!
미모와
지성을
겸비한
제 이름은
'십보라'라고
해요~

모세와 십보라는 서로에 대한 좋은 감정을
갖게 되었고
달링~

가족의 축복을 받으며 결혼을 하게 된단다.
알라뷰~

십보라와 결혼한 모세는 행복한
가정을 이루고
까꿍~

양떼를 치는 양치기 생활을 하게 되는데

모세는 양치기 일을 성실하게 하면서
양은 내가 지킨다!!!

하나님께 예배도 마음껏 드리고
감사합니다.
아멘.

복잡한 왕궁에서 벗어나 평화롭고 여유로운 양치기 생활을 누렸지.
음메
음메
음메에~
음메

모두들 모세가 늑대를 잡는 모습을 봤어야 했는데, 장난 아니었다고! 하하하하!!
하하하하
하하...어르신께서 저를 너무 띄워 주시네요

뭐야~ 하나님께서
인도하신다더니
왕자였던 모세가 평범한
양치기가 됐잖아.
모세~
망했다!!

그렇지 않아~ 왕궁 생활을 통해 모세를 준비해
오신 하나님께서 이제는 미디안 생활을
통하여 모세를 준비하고자 하시는 거야.

왕궁생활을 통해서
믿음과 기능이 준비되었다면
믿음
기능

미디안 생활을 통해서는
인격과 성품이 준비된 거란다.
인격
성품

흥분을 이기지 못해 이집트인을 죽이게 될
정도로 혈기가 넘치던 모세가 온유한
사람으로 변화되었고

왕자로 살면서 생긴 교만함과 자만함이
겸손함으로 바뀌었단다.

그리고 가장 중요한 것은 모세가 의지할 곳이 하나님 밖에 없게 되었고, 하나님만 의지하게 되었다는 거지.
주님~ 주님만 의지합니다.
내게 은혜를 허락하소서.

엥? 뭐라고? 왜 하나님만 의지해??
최선을 다해서 스스로 해내야지!

사람이 자신의 힘으로 모든 것을 할 수 있을 것이라 생각하지만
나는 된다!
할 수 있다!

그건 어디까지나 착각이란다. 결국에는 한계라는 것에 부딪히게 되지.
한계
이런...
털썩

그래도 할 수 있는 데 까지는 해봐야 하는 거 아닌가!?
‥‥‥

우리가 최선을 다해야 하나님도 응답하시는 거 아니야!?
옳소!
Yeah~

당연히 최선을 다해야지.
하지만 그 순서가 잘못되었어.
순서?

하나님께서는 스스로의 능력을 믿고 의지하는 사람에게는 결코 응답하지 않으신단다. 응답해도 스스로 해냈다고 생각할 테니깐.
혼자서도 잘할 수 있다니까!
승리의 'V'

반대로 하나님의 능력을 믿고 그분만 의지하는 자에게는 하나님의 능력과 응답을 허락하시지.
저는 너무나 부족합니다.
하나님께서 저에게 능력을 허락해 주세요.

하나님을 의지하는 가운데 최선을 다할 때 비로소 참된 응답을 받게 되는 거야~
잘 알겠지?

음... 인정하긴 싫지만.. 틀린 말은 아닌 것 같네...

오~ 우리 기쁨이가 인정도 할 줄 알고, 다 컸는 걸? 그럼 모세이야기를 계속 해볼까?

사람들의 눈에는 모세가 실패해서 미디안에서 의미 없이 40년의 세월을 지낸 것처럼 보이겠지만

하나님께서는 미디안 생활을 통해 모세를 이스라엘을 구할 지도자로 준비하신 거란다.
이스라엘 백성들은 어떻게 지내고 있을까?

지도자로 만들어지는 중
왕궁생활 40년
광야생활 40년

모세가 이렇게 준비되는 동안에도 이스라엘 백성들의 고통은 계속되고 있었는데
끄응—

이 백성들의 고통 소리를 듣고 계셨던 하나님은 모세가 준비되는 때에 맞춰서 이스라엘 구원 계획을 시작하시지.

철 갑옷은 너무 무거워...
끼잉 끼잉

본격적으로 시작되는
하나님의 계획

오! 드디어!! 모세 고고고고!!
그래봤자 80살 먹은 할아버지인데 뭘 할 수 있겠어?? 그것도 양치기가....

그럼~ 모든 것을 잃고 나이까지 많은 모세 한 사람을 통해, 하나님께서는 어떻게 역사를 일으키시는지 한번 지켜볼까?
뭐.. 그렇게 큰 기대는 안하지만....

모세가 여느 때와 같이 양떼를 몰고 광야 서쪽으로 향하고 있었는데

호렙이라는 산을 지나다가 신기한 현상을 보게 되었어.
깜짝

아니! 떨기나무에 불이 붙었는데 어찌하여 타지 아니하는고?!
활 활 활

나무가 타지 않다니 완전 신기하다!! 불타지 않는 무적(無敵) 나무!!
앗!뜨거워~ 으아,갑자기~

불 붙은 떨기나무에는 몇 가지 의미가 숨겨져 있는데, 우리 기쁨이, 사랑이가 알기 쉽게 이야기 하자면…

의미?? 그냥 단순한 기적 같은 게 아니라는 말이야?
그렇지~

이런 보잘 것 없는 떨기나무를 통해서도 하나님의 능력이 나타나듯이
활
활
활
활

우리의 수준과 상관없이 하나님의 능력이 나타날 수 있다는 것을 의미하기도 하고
얍!!!
아~

떨기나무에 붙은 불이 꺼지지 않는 것은 하나님의 꺼지지 않는 사랑을 의미하기도 하지.

그 외에도 다양한 의미로 해석 되기도 한단다.
떨기나무에도 그런 뜻이 있었구나… 신기해!!

모세가 불붙은 떨기나무를 쳐다보고 있는데 그 떨기나무 가운데에서 하나님의 음성이 들려왔어.
정말 신기하군...

모세야.. 모세야..
깜짝

우왓~주님! 내가 여기 있나이다.
넙죽

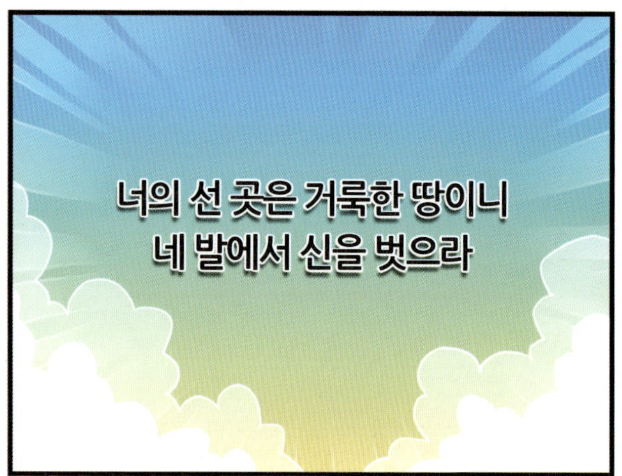

너의 선 곳은 거룩한 땅이니 네 발에서 신을 벗으라

신?? 우리가 신고 다니는 신발??
그래 그 신을 이야기 하는 거야.

나무를 태우더니 이제는 신발을 벗으라고??
단순히 신발을 벗으라는 것이 아니겠지?^^

신발은 우리가 세상을 살아온 발걸음, 방법을 나타내는데, 그런 것을 벗어버리고 이제는 새로운 인생을 살아가라는 뜻으로 해석할 수 있지.
휘잉

또 중동 지방의 풍속에 의하면 신발은 책임을 의미해. 하나님께서 완전하게 책임지시겠다는 뜻이야.

하나님께서는 자신이 모세의 조상들이 섬기고 따르던 그 하나님임을 확인시키시고
나는 네 조상의 하나님이니 아브라함의 하나님, 이삭의 하나님, 야곱의 하나님이니라..

모세를 통하여 이스라엘 백성을 구하실 하나님의 계획을 말씀하셨어.
이제 내가 너를 애굽의 왕에게 보내어 너에게 내 백성 이스라엘 자손을 애굽에서 인도하여 내게 하리라

하지만 모세는 자신의 모습과 상황을 보며 할 수 없다고 말하지.
전 살인자의 신분이고 양떼를 모는 양치기일 뿐입니다

"가서 너희 조상의 하나님이 나를 보냈다고 하라!"
그들이 너를 보낸 이의 이름이 무엇이냐고 물어보면 어찌하죠?

"스스로 있는 자라 말하고 여러 가지 이적으로 애굽에게서 너희를 구할 것이라고 말하라!"
아...그들은 절대 제 말을 믿지 않을 겁니다.

어휴~ 모세 참 답답하시네... 그냥 좀 시키는 대로 하면 안 되나?
하하하~! 그러게 말이야

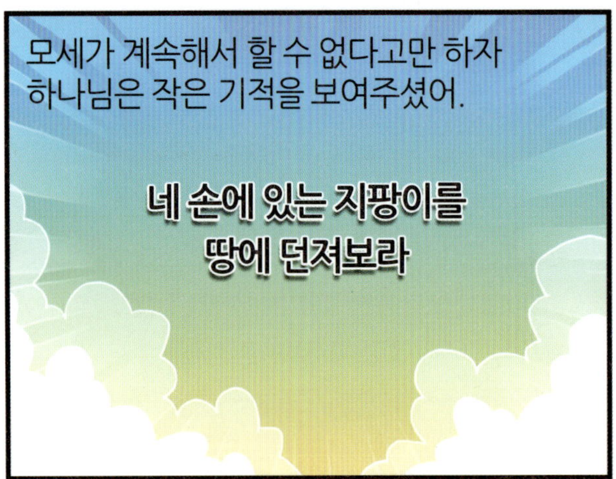

모세가 계속해서 할 수 없다고만 하자 하나님은 작은 기적을 보여주셨어.
네 손에 있는 지팡이를 땅에 던져보라

모세가 지팡이를 던지자 지팡이가 뱀으로 변하게 하신 후
우왓! 지팡이가.. 뱀으로!!!

네 손을 내밀어 그 꼬리를 잡으라
아... 꼬리를 잡으면 뱀에게 물릴텐데...ㅠㅠ

모세가 뱀의 꼬리를 잡자 뱀이 다시 지팡이로 변하게 하셨지.

다시 네 손을 품에 넣으라

만일 그들이 너를 믿지 아니하거든
이를 그들에게 보여주라

혹시 이를 보여도 믿지 않는다면
나일강 물을 조금 떠다가 땅에 부으라.
네가 떠온 나일 강물이
땅에서 피가 되리라!

아... 그러나 저는 말을 유창하게 하지도 못하고, 이스라엘 백성을 설득할 자신이 없습니다.
아~ 답!답!해! 뭔 말이 이렇게 많아욧!

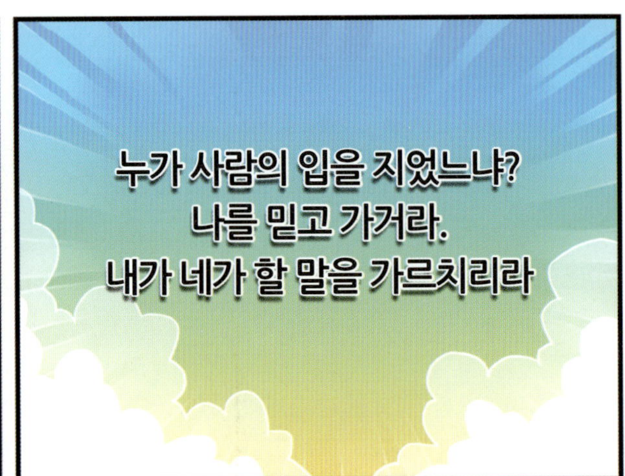

누가 사람의 입을 지었느냐? 나를 믿고 가거라. 내가 네가 할 말을 가르치리라

저는 절대 못합니다. 저 말고 말을 잘하는 사람을 보내시는 것이...
정말 너무하네. 이 아저씨!!!

네 형 아론이 말을 잘하니 같이 가거라. 그가 네 입을 대신할 것이다.

결국 애굽으로 다시 돌아가겠다고 결심한 모세는 장인 이드로에게 허락을 구하는데
하나님께서 애굽으로 돌아가 이스라엘 백성을 구하라 하셨습니다. 허락해 주세요.

이드로는 미디안의 제사장인 동시에 장인 이었기에 애굽으로 가기 위해서는 허락을 받아야 했는데, 다행히 이드로는 흔쾌히 허락을 해주었어.
물론이다, 모세여~
평안히 가라

네 목숨을 노리던 왕과 그 측근은 이미 다 죽었으니 너무 걱정하지 않아도 될 것이다.

너는 내 친아들과 다름없으니, 내가 매일 너를 위해 기도하겠다.
흑...고맙습니다..

하나님께서 내게 이스라엘 백성을 구하라 하셨소.

이렇게 모세는 가족들과 함께 미디안을 떠나 애굽으로 돌아가게 되는데

살인자의 신분으로 애굽에서 도망 친 후 40년이 지나서야 다시 돌아가게 된 것이지.
애굽인생 40년
광야인생 40년

모든 게 다 잘 될 거에요. 너무 걱정하지 마세요.
그래요. 하나님께서 하시는 일이니 믿어야지요.

모세와 가족들은 미디안을 떠나 애굽으로 향하는 도중 시내산에 이르는데, 이곳에서 모세의 형 아론을 만나게 돼.
아니?
이보게, 모세~~

형!
아우!
와락
와락

그런데 제가 이곳에 있는 것을 어떻게 아시고 마중을 나오셨어요?

다 아는 방법이 있지. 하나님께서 이곳에서 너를 맞이하라고 말씀하셨단다.

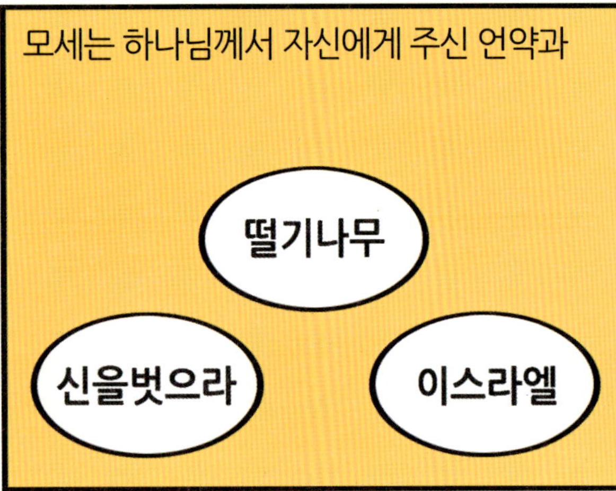

모세는 하나님께서 자신에게 주신 언약과
떨기나무
신을벗으라
이스라엘

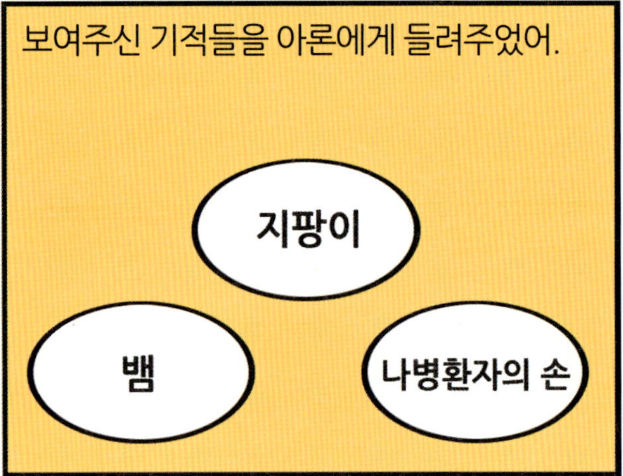

보여주신 기적들을 아론에게 들려주었어.
지팡이
뱀
나병환자의 손

애굽으로 돌아온 모세

모세의 이야기를 들은 아론은 크게 놀라며
화들짝
뭐라고!?

비록 자신이 형이지만 모세를 하나님이 이스라엘을 구하기 위해 보낸 지도자로 여기고 섬기기로 맹세했어.
하나님께서 모세 너를 보내셨구나!

당장 애굽으로 돌아가자. 하나님께서 명하신 대로 내가 너를 대신하여 그들에게 하나님의 말씀을 전하겠다.

아론과 모세의 가족들은 애굽을 향해 본격적으로 출발하게 되지.
얍!
호잇!

애굽으로 돌아간 아론과 모세는 먼저 이스라엘 장로들을 모두 모은 다음
이스라엘의 장로님들은 모여주시기 바랍니다.

아론이여 그대는 우리를 왜 모이라 했습니까?
웅성
웅성

아론은 모세에게 들은 하나님의 말씀을 장로들에게 전한단다.

그런데 그렇다고 해도 그 말을 하신 분이 하나님이신 것을 우리가 어떻게 믿죠?

장로들이 아론의 말을 듣고도 그 말을 믿지 않자
오!

모세는 그들에게 두 가지 기적을 보여주었지.
오오오!!!

그대를 보내신 분이 하나님이심을 확인했습니다. 하나님께서 그대를 보내신 이유가 무엇인지 궁금하군요.
인정
인정

하나님께서는 이스라엘의 고통을 지켜보셨고 이제는 이스라엘을 구하고자 하십니다.

감사 합니다. 아버지, 주여~
오~할렐루야! 하나님께서 우리의 기도를 들으셨구나!
이젠 살았다. 정말 다행이야!

그러면 이제 어떻게 하시려 합니까?

지금 당장 왕을 만나러 갈 것입니다. 왕에게 하나님께서 하신 말씀을 전해야지요.
불끈

하지만 왕이 그 말을 듣지 않을 텐데.. 그 말을 듣고 우리들에 대한 핍박이 더 심해지지 않을는지...
안! 그럴수도...
그럼안되는데...

장로들은 하나님보다 왕이 더 무서운가보다. 왕보다 하나님이 더 강한데 왜 그러지?

우리 사랑이 말처럼 하나님이 더 강하지. 하지만 사람은 큰 문제가 오면 하나님의 능력보다 눈앞의 문제가 더 커 보이지.

문제가 왔을 땐 문제만 바라봐서는 안 되고
쿵!
문제

조금 멀리 떨어져서 하나님의 말씀과 문제를 같이 봐야 해.

그래야 문제의 올바른 답도 발견할 수 있고 그 속에 숨겨진 하나님의 계획도 발견할 수 있단다.
올바른 해답
하나님의 계획

오홍~~! 그렇구나. 그럼 장로들은 가까이에서 문제만 본거네?
그렇다고 볼 수 있지.
호잇~
호잇~

모세 일행은 곧장 왕궁으로 가서 왕에게 하나님의 말씀을 전했어.
뭐냐!
이것들은!!

이스라엘의 하나님 여호와께서 보내셔서 왔습니다. 그분께서 이스라엘 백성을 보내서 광야에서 절기를 지키게 하라고 하셨습니다.

절기???
절기가 뭐지?

절기는 이스라엘의 명절인데 하나님께 감사의 제사를 드리는 날이야.

왕이시여... 꼭 좀 이스라엘 백성들을 광야로 내보내어 우리 하나님께 감사의 제사를 드릴 수 있도록 허락해 주소서.

여호와?? 그게 누군데 감히 나한테 명령을 하는 거냐? 나는 여호와를 알지도 듣지도 못했거늘!!

아.. 왕이시여... 꼭 허락하셔야 됩니다. 그렇게 하지 않으면 하나님께서 이스라엘에게 벌을 내릴까 두렵습니다.

그건 너희 이스라엘의 사정이고, 나는 관심 없으니 그만 돌아가라!!

왕은 모세와 아론의 말을 듣고 이를 괘씸히 여겨 이스라엘 백성들에게 그전보다 더 가혹한 노동과 고통을 안겨주었지.
어흥!!!
꺅!

지금부터는 벽돌을 만들 때 사용하는 짚도 너희들이 전부 구해서 사용하라! 당연히 작업양은 그 전과 동일하다!

왜 당신들의 몫까지 우리가 해야 하는 겁니까?!
그건 도저히 불가능해!

하라면 할 것이지 뭐 그리 말이 많아? 죽고 싶어??
짝-
짝-
짝-
짝-

이스라엘 백성들은 모세와 아론이 왕에게 한 말 때문에 이런 고통을 당하게 된 것이라고 생각했고
울먹 울먹
이게 전부 모세 때문이야!

모세와 아론에게 책임을 물으며 항의하기 시작했어.
아론이여. 이제는 우리가 왕의 눈밖에 나버렸습니다. 이대로 일하다가는 우리 모두 죽게 될 것이 뻔합니다!!!

나 같아도 충분히 화가 나겠는걸! 가만히 있으면 중간이라도 갈 텐데 괜히 나서가지고~
쯔 쯔 쯔

지금 당장의 상황만 보면 그렇지만, 계속 지켜보면 그렇지 않다는 걸 알게 될 거야.
흥!

그럼 모세는 그 다음 어떻게 했어? 하나님이 시키는 대로 했는데 상황이 더 악화된 건 사실이잖아?

모세도 그렇게 느꼈는지 돌아와서는 하나님께 질문한단다.

하나님. 당신이 시키신 대로 했지만 상황이 악화되었고, 백성들은 더욱 학대를 당하게 되었습니다.
이렇게 하실 것이었으면 저를 왜 보내셨나요?
이제 내가 하는 일을 네가 보게 될 것이다. 나의 강한 손으로 말미암아 너희는 이곳을 나가게 될 것이다.

내가 아브라함과
이삭과 야곱에게
주기로 맹세한 땅으로
너희를 인도하고 그 땅을
너희에게 줄 것이다.

하나님. 그들이 이제는 제 말을
아예 듣지도 않습니다. 이젠 어쩌죠?

내가 네게 명령한 바를
너는 네 형 아론에게 말하여
왕에게 전하게 하라.
왕이 너희의 말을 듣지 않겠지만
내가 여러 큰 심판을 내려
이스라엘을 구해낼 것이다.

하나님이 모세에게 전한대로 아론은
지팡이를 던지고 지팡이는 뱀으로 변했어.

엥? 그게 다야? 그 정도는
우리 왕궁 마술사도
할 수 있겠는걸!!!!
시작해!
네!
네!

왕이 부른 마술사들도 지팡이를 던져
뱀으로 변하게 했지만
퍼 펑

아론의 지팡이가 변한 뱀이 마술사들의 뱀을
모두 삼켜버리지.
쩝

왕은 그 모습을 보고 크게 놀랐지만
이것들
장난이
아니네!

모세의 말을 듣지 않고 고집을 피웠어.
그래도
안돼!!!
절레
절레

하나님. 왕은 절대로 이스라엘을 보내지 않을 생각입니다.더 이상 저의 힘으로는 불가능합니다.

아침에 너는 왕에게로 가라. 그가 물 있는 곳으로 나올 것이니 너는 나일 강 가에 서서 그를 맞이하라.
그리고 나의 말을 전하고 내가 시킨 대로 행하라. 왕은 나 여호와를 인정하게 될 것이다.
모세는 하나님이 시킨 대로 나일 강가에 있는 왕 앞에 서서 이야기한단다.

이제는 우리 하나님께서 큰 일을 행하실 것입니다.
지금도 늦지 않았으니 이스라엘 백성을 보내주시오.

뭐라고?! 큰일??
하하하하하 하하하하!!!

낄낄낄
깍!

피의 재앙

안되겠습니다.
시작하시죠!
음~

?
얍
!

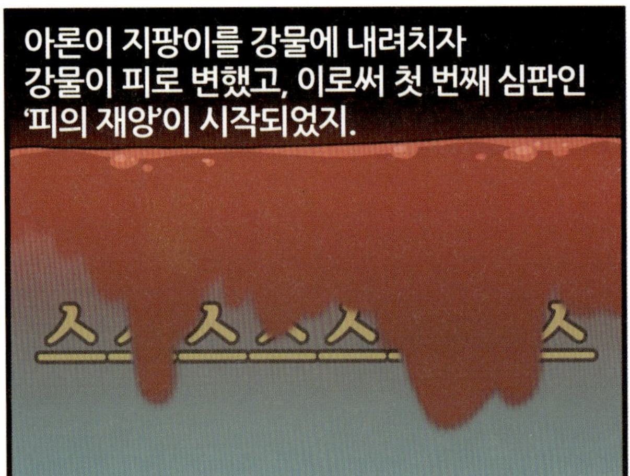

아론이 지팡이를 강물에 내려치자 강물이 피로 변했고, 이로써 첫 번째 심판인 '피의 재앙'이 시작되었지.
스   스   스   스   스

이것이 이스라엘을 구하기 위한 하나님의 계획이 본격적으로 시작되는 순간이란다.

앗! 강물이
피로 변했다!!!

애굽의 모든 강물이 피로 변해버린 탓에
헉! 뭐야?
숨막혀!

물고기들이 죽어서 수면위로 떠오르고
꽥...
....

강물을 마신 애굽 사람들은 구토를 하며
우우욱~
우욱~

강물에서 나는 악취로 인해 고통을 당했지.
욱!
피
비린내!!

강물만 피로 변한 것이 아니라 애굽에 있는
모든 물이 피로 변한단다.

말도 안 돼.
마을
전체가
피바다야!

집 안에도 재앙이 들어오지 않을까?
설마~ 그럴리가요
아앙~

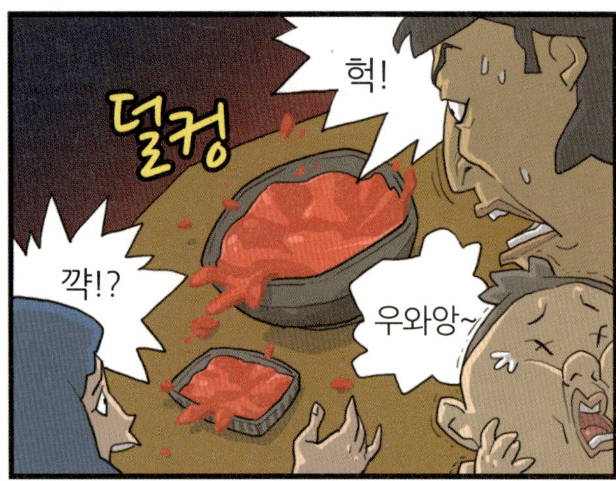

덜컹
헉!
깍!?
우와앙~

펑
으앗! 마을 우물까지 피로 변했어!!
망했다!

허걱!

이게 도대체 무슨 일이야! 온 마을이 피바다가 됐다!!!
으악! 피다, 피!!!
두둥!
우왕좌왕
우왕좌왕

애굽 전체가 피로 물들었지.

쿠쿵!
여기저기 모두 피로 변했다!!!
으앗~ 무서워!
엄마~ 무서워ㅠ.ㅠ
욱~ 피비린내~
살려줘!!!

그러나 왕은 이에 굴하지 않고 공중 요술사들에게 해결책을 제시하라며 더욱 고집을 부렸단다.
헐~

이 정도로는 어림없다!!! 무슨 해결책이 없겠느냐!!!
깜짝 깜짝

걱정 마십시오.
그 정도는 저희도
문제없습니다.
비비디 바비디 부~
물아 피로 변해라,
얍~~~!!!
펑!

보시다시피 저희도
마음만 먹으면 이 정도는
식은 죽 먹기입니다요~
오~
역시!

모세! 내가 네놈들의 눈속임 따위에
속을 거라고 생각했느냐!!!

왕은 애굽의 모든 물이 피로 물드는 것을
보고도 하나님을 인정하지 않는단다.
하나님은
무슨~훗!

왕이 고집이
보통이 아니네?
고집쟁이 왕이다!!
그래서 어떻게 됐어?

그 뒤에도 왕은 계속 고집을 피웠고,
하나님께서는 피의 재앙을 시작으로
열 가지의 재앙을 내리신단다.
뭐?
열 가지나?

하나님의 심판에는
몇 가지 큰 의미가 있는데
어떤!?
의미!?

애굽과 이스라엘 백성들이 하나님의 능력을
보고 하나님을 인정하게 하려는 뜻이 있고
이스라엘의 하나님이여
우리를 용서하소서...

애굽 왕의 고집을 꺾어 이스라엘을
해방시키려는 뜻이 있지.
아이고~
항복! 항복!
출애굽하는
이스라엘 백성

그리고 애굽의 수많은 우상들을 꺾으려는
뜻도 있단다.
쾅!

애굽은 나일강 덕분에 풍요로운 삶을
살 수 있었고

당시의 찬란한 문명이 꽃 피울 수 있었던 것도
나일강이 있었기 때문에 가능했던 일이지.

[스핑크스에 관해서]

피라미드와 함께 세계 최고의 미스터리로 꼽히는 스핑크스는 7000~8000년 전에 만들어 졌는데 그 정확한 건축 방법은 아직도 밝혀지지 않고 있습니다.
사람의 머리와 사자의 몸체의 외형을 지니고 있는 스핑크스는 고대 동방신화에 나오는 괴물인데, 이집트 왕의 권력을 상징합니다.
스핑크스 이름에는 '공포의 아버지' '사막의 보호자' '무덤지기 신' '내세의 보호자' '신전지기' 등의 많은 뜻이 담겨 있다고 합니다.

현재 스핑크스에는 코도 없고 원래 달려있던 수염도 없는데,
나폴레옹이 이집트 원정 때에 스핑크스의 모습이 자신의 권위에 도전하는 것처럼 보여서 대포를 쏘아 스핑크스의 코를 파괴했다는 설이 있습니다.

그 외에도 코랑 수염이 자기의 무게를 견디지 못하고 저절로 떨어졌다는 설, 어떤 파라오가 질투가 나서 스핑크스의 코를 부쉈다는 설 등 다양한 설이 있습니다.

스핑크스 코에 관련된 정확한 사연은 밝혀지지 않았지만...현재 수염은 영국 대영 박물관에, 코는 카이로 이집트 박물관에 잘 보관되어 있습니다.

우상숭배

때문에 나일강은 애굽 사람들에게는 중요한 의미였는데, 이 사람들은 나일강을 생명의 근원으로 여기며 '신'으로 모시고 숭배하였단다.
나일강

강을 '신'으로??? 그게 무슨 말이야?
엥~애굽 사람들이 바보였나 보네??

바보 같지만 사실이란다. 그리고 그런 행동을하는 사람들은 우리 주변에서도 쉽게 찾아 볼 수 있지.
진짜!?!?

자동차를 샀을 때 무사고를 기원하며, 돼지 머리를 놓고 절을 하는 것은 쉽게 볼 수 있는 모습이지?
아무쪼록 무사고 기원~
· · · · ·
넙죽

맞아 맞아. 친구 아빠가 자동차 사고 돼지한테 빌었다고 들었어. 돼지 콧구멍에 만원짜리도 꼽고 ㅋㅋㅋㅋ
강에 절하는 사람이나 돼지에 절하는 사람이나 다들 한심하네. 정말~
그런데 그건 못 배운 사람들만 그런 거잖아?

모양이 다를 뿐이지, 배운 사람이나 그렇지 못한 사람이나 다를 바가 없단다.
잘 좀 부탁드립니다.
하나님~부처님~공자님~

돼지 머리 그림에도??
그게 뭐야!? ㅋㅋㅋ
사고 날까봐 걱정은 되는데
진짜 돼지 머리를 올려놓기는
뭔가 부끄러웠던 모양이지.

그런데 어떻게
돼지가 자동차를
지켜준다고
생각할 수가 있지?
하
하
하
하

인간은 불완전하기 때문에 본능적으로
무엇인가를 의지하게 되어 있단다.
하나님만 의지하고
항상 하나님과 함께~
돼지야! 나에게
복을 가져다주렴.

하나님을 만나지 못한 사람들이 다른 무엇인가로
그 불안함을 채우는 것이지. 어떤 사람들은 동물로,
어떤 사람들은 물건으로, 어떤 사람들은 자연물로...
이비~

그런데 하나님께서는 이런 우상숭배를
하지 말라고 하셨어.
오~
음~

너는 나 외에는 다른 신들을
네게 두지 말라
너를 위하여 새긴 우상을 만들지 말고
하늘에 있는 것이나 땅에 있는 것이나
물속에 있는 것의 어떤 형상도
만들지 말며

[출애굽기 20장 3절 4절]

그리고 우상숭배를 하는 사람에게는 그 삼 사 대까지 책임을 묻는다고 성경에 기록되어 있지.

그것들에게 절하지 말며
그것들을 섬기지 말라
나 네 하나님 여호와는
질투하는 하나님인즉
나를 미워하는 자의 죄를 갚되
아버지로부터 아들에게로
삼 사 대까지 이르게 하거니와

[출애굽기 20장 5절]

할아버지가 우상숭배를 하면 그 아들, 손자, 증손자에게 까지 책임이 전달된다는 말이지.
할아버지
아버지
아들
손자
책임
장난 아니다.. 무서워!!

아빠! 만약에 그 할아버지의 손자가 우상숭배 하면 그 손자의 삼 사 대가 또 벌 받는 거야??
이~~~야!
기쁨이 제법인데?
맞아, 기쁨이 말대로야~

말이 좋아 삼 사 대지.. 사실 따지고 보면 영원히 저주받는 게 되는 거야.
들었죠, 여러분~
우상 숭배 하면
안됩니다잉~
딱 정한 겁니다잉!

아~~ 그래서 제사를 지내면 안 된다고 하는 거구나!
응 그렇지~

애굽 사람들은 나일강의 신인 하피(Hapi), 오시리스(Osiris), 크눔(Khnum)에게 매년 제사를 드렸단다.
!?

나일강에는 많은 신들이 살았네? 다세대 주택인가?? ㅋㅋㅋ
나일강이 중요한 만큼 더 열심히 숭배했던 거지.

하피(Hapi)는 다산(多産)의 신.

오시리스(Osiris)는 지하세계의 신.
으~ 저게뭐야?
이상하게 생겼어~

크눔(Khnum)은 나일강의 수호신이지.

하나님은 나일강이 피로 변하는 재앙을 통해
네 이놈들!
으아~
항복!!!

이 우상들을 완전하게 부정하시고,
거짓된 신 !

생명을 주관하시는 분은
나일강의 신들이 아니라
✖
생명의 주관자
=
하피, 오시리스, 크눔...

하나님이시라는 것을 확실히
보여주신 것이지.
생명의 근원
생명의 주관자 = 하나님
아항~
그렇구나!

애굽의 모든
사람들이 물을
구하지 못해
고생이
심하다더군.
음...

왕은 대담한 것인지
멍청한 것인지.
이렇게 했는데도
어째서 하나님을
인정하지 않는거지?
하나님께서
다음 계획을
시작 하실
것입니다

그렇게 일주일이 지나고 하나님께서는 다음 계획을 시작 하신단다.
궁금해~
나도~ 나도~

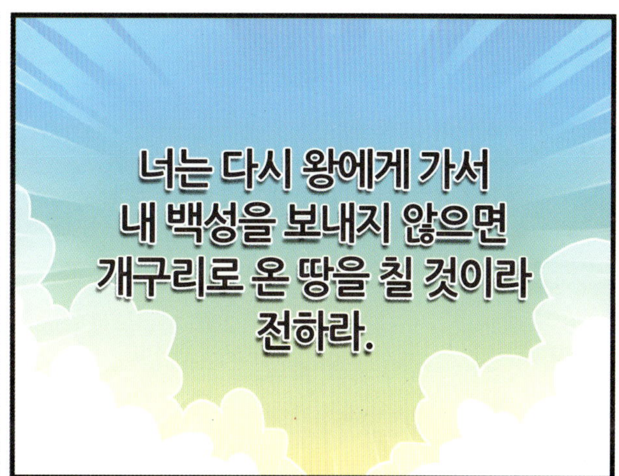

너는 다시 왕에게 가서 내 백성을 보내지 않으면 개구리로 온 땅을 칠 것이라 전하라.

왕이시여~ 하나님의 말씀을 전해 드리... ...
하하하! 아직도 안가고 있었더냐!? 하나님 같은 소리 좋아하시네.
휙

어쩔 수 없네. 아론 형님은 하나님께서 시키신 대로 지팡이를 잡고 팔을 강 위로 펴세요.
음!

아론이 지팡이를 잡고 강 위로 팔을 뻗자
흡!
척!

강물에서는 수많은 개구리들이 나오기 시작하는데, 이것이 두 번째 재앙인 '개구리 재앙' 이란다.
부글
부글
부글
부글

아니, 이게뭐야!
온 마을에 개구리 떼가 나타났다! 징그러워!!!
개굴
개굴
개굴
개굴
개굴

엄마야~~~ 집에도 개구리가!!
으앗 징그러!!!
개굴
개굴
개굴

엄마야, 이게 무슨 일이람!? 왕궁 안 뜰까지 개구리가 가득하잖아!?
꺅~
개굴
개굴
개굴
개굴
개굴

왕궁 안에까지 개구리들이 습격했다!
까아악~ 저리가!! 이 징그러운 개구리들아!
으아앗~
개굴
개굴
개굴
개굴
개굴
개굴
개굴

애굽 사람들은 개구리를 헤켓(Heket)
이라는 신으로 숭배했는데

헤켓은 생명과 다산의 여신이었어.
생명의 여신,
헤켓이시여~
우리의 생명을
지켜 보호하소서~

그런데 이 개구리가 온 도시와 집안
까지 엉망으로 만들고
개굴
징그러~
개굴
개굴
개굴

밤새도록 울어대는 바람에 애굽 사람들은
잠도 제대로 잘 수 없게 된거지.
개굴
개굴
개굴
개굴
개굴
개굴
개굴

으~~ 징그러워!!
개구리가 무슨 신이야!!
개굴
개굴
개굴
개굴
개굴
개굴
개굴
개굴

신으로 섬겼던 이 개구리가 온 도시와 집의
침실, 식탁 까지 뒤덮었다고 생각해봐.
아마 애굽 사람들의 눈에도 개구리가
예뻐 보이지는 않았겠지?
개굴
개굴
개굴
개굴
개굴
개굴
개굴

이런 모습을 본 왕궁의 요술사들도 개구리를 불러내 보지만
개구리라면 우리도 불러낼 수 있습니다!

작은 개구리 몇 마리 튀어나온 게 전부였어.
?

당장 가서 모세와 아론을 불러와라!

으~~!!
부르셨습니까?
……

나와 내 백성에게서 개구리를 떠나게 하라.
그러면 내가 이스라엘 백성을 애굽에서 보내주겠다.
개굴
개굴
개굴
개굴
개굴
개굴

그럼 하나님께 개구리를 거둬 달라고 기도하겠습니다. 언제 기도하길 원하십니까?
개굴
개굴
개굴
개굴
개굴

네가 기도하면 바로 그리 되는 것이냐? 그렇다면 내일 당장 그리하라!!

하나님께서는 애굽에서 개구리를 거두실 것이고,
왕께서 우리 하나님을 인정하게 되실 것입니다.

다음날 모세가 왕이 부탁한 대로 하나님께 기도를 드리자,
주여, 주님의 종 모세의 기도를 듣고 응답하소서.

개구리들은 더 이상 나오지 않았지.

그 후에 애굽을 덮었던 개구리들은 모두 죽게 되었고

마을 곳곳에 개구리들의 시체는 산더미같이 쌓였단다.

애굽 사람들은 개구리들의 시체에서 나는 악취 때문에 괴로워했지.

개구리 신!! 인기 완전 하락인데?? ㅋㅋ
꽥~~~

어휴, 개구리의 모습이 보이지 않으니 살겠군... 냄새만 좀 빠지면 괜찮겠어.
그럼! 이스라엘 사람들을 놓아 줄까요?

쏙쏙 들어오는 모세 이야기

10가지 재앙의 계획

너 제 정신이냐?!
죽여도 시원찮을 판에.
뭐?? 놓아줘??
절대 그렇게는
못하지!

쳇, 왕이
뭐 이렇게
왔다 갔다 해?
또 거짓말한다!
못된 왕!
완전 뻥쟁이!!

엥~
이것들은
또 뭐야?
물러가라!
거짓말쟁이 왕은
물러가라!

하지만 그것도 애굽의 10가지 우상을
꺾으려는 하나님의 계획 중 일부란다.
무슨?
계획??

왕이 바로 놓아주면 안 되지. 아직 하나님이
내리실 재앙이 여덟 개나 남았다고... 으흐흐

아빠 그러지마
무서워~!!
하나님도 은근히
독하신데??
내 스타일이야!

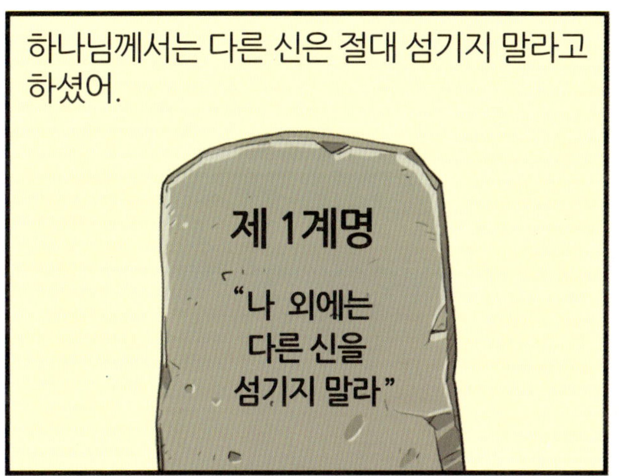
하나님께서는 다른 신은 절대 섬기지 말라고
하셨어.

제 1계명

"나 외에는
다른 신을
섬기지 말라"

그래서 하나님께서는 10가지 재앙을 통하여서
애굽의 우상을 완전히 꺾으시려는 것이지.

우상아~
물러가라!
빠싸!

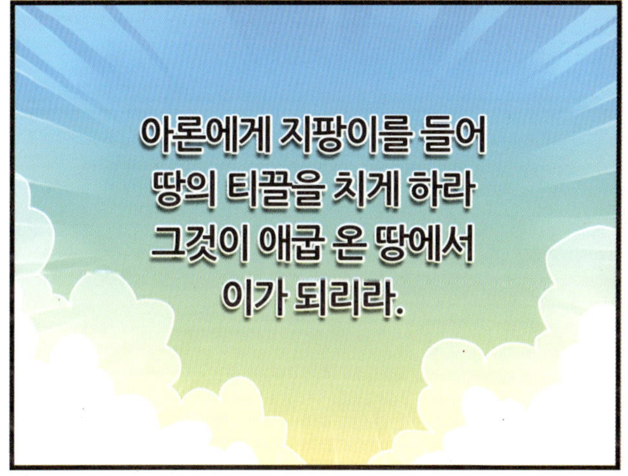
아론에게 지팡이를 들어
땅의 티끌을 치게 하라
그것이 애굽 온 땅에서
이가 되리라.

아론은 모세에게 전해 들은 대로 지팡이를
들어 땅을 치는데

팡!

쏙쏙쏙숙

쏙쏙쏙숙

쏙쏙숙

엄마야~!!! 온 마을에 이가 득실거려!!!!

뭐야, 이건!
으악~살려줘! 더러워서 못 살겠다! 으~으으~~

그럼 이번에는 '이'의 신 인가?
엥? 날 무시하냐?
대충 이렇게 생겼을려나? ㄱㄱㄱ
뜨끔!

하하! 기쁨이 상상력이 대단한데??? 하지만 '이' 신이 아니라 '흙'의 신 이란다
ㅋㅋㅋ '흙'의 신?

애굽 사람들은 셉(Seb)이라는 '흙'의 신을 섬겼는데, 그 덕분에 이집트 땅이 비옥할 수 있다고 믿었어.

그런데 '흙'의 신이 비옥함을 주기는커녕 이로 변해서 애굽 사람들을 괴롭히는 상황이 벌어진 것이지.

도대체 뭐야 이것들은!!!

뭣들 하느냐!?
당장 뭐라도
해보아라!!
네!
넷!

조이호이~
티끌들아,
이로 변해라!
비비디
바비디 부~

다급해진 요술사들도 지팡이를 흔들며
흉내를 내보았지만, 먼지만 일어날 뿐
아무런 능력도 발휘할 수 없었고

헉헉~ 왕이시여~ 저희의 능력은
여기까지입니다. 우리가 본 모든 것은
하나님의 능력입니다.

결국 하나님의 존재와 그분의 능력을
인정 할 수밖에 없게 되었지.
까불더니
쌤통이다!!

사람이 자신의 능력을 믿고 까불지만 하나님 앞에서는 한없이 작은 존재 일 뿐이란다.
신 따위는 필요 없어!!

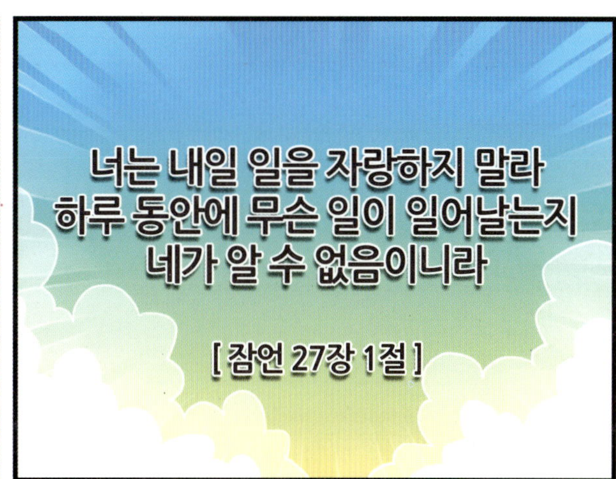

너는 내일 일을 자랑하지 말라 하루 동안에 무슨 일이 일어날는지 네가 알 수 없음이니라
[잠언 27장 1절]

우리는 우리의 내일을 장담할 수 없단다. 모든 만물과 사람의 생명을 주관하시고 계신 분은 하나님이시기 때문이지.

하나님께서 주신 생명이니 감사한 마음으로 겸손하게 살아야 하는 거야. 알았지?
응응!!

이런 멍청하고 한심한 것들!!
두고 보자, 이스라엘!!!

그래도 왕이라서 그런지, 잘 버티는 거 같은데?? ㅋㅋ
버티면 버틸수록 고통이 더해지기만 할 뿐, 결국 하나님께 엎드리게 되어 있단다.

아침에 일찍이 일어나
바로에게로 가서 내 백성을
보내라는 내 말을 전해라.

만일 그들이 그리하지 아니하면
파리 떼를 보내리니 온 애굽이
파리 떼로 가득하게 될 것이다.

하지만 내 백성 이스라엘이 거주하는
고센 땅에는 파리가 없게 하리라.

요놈들 마침 잘 왔다.
네 놈들이 무슨 술수를
부리는지 몰라도
그 놈의 '이' 때문에
아직도 온몸이
간지럽다.

모세와 아론을 잡아서
혼쭐을 내줘라!!!
네!
네!

주여..
저들이
말을 듣지
않습니다.

펑!

멈칫
파앗
멈칫

파..파리 떼!?
으아아아~ 이번엔 또 뭐냐?
덜덜
덜덜

이렇게 애굽을 향한 하나님의 네 번째 재앙인 '파리의 재앙'이 시작 된단다.
파리?
으, 더러워~

웽~
웽~
웽~

웽~
웽~
웽~

파리??
이번에는 재앙이
좀 약한 거 같은데?

그냥 파리라고 생각하면 큰 오산이야.
애굽의 파리들은 사람이나 가축에게
침을 쏘고 피까지 빨아 먹는걸~

헐.....
장난 아니네...
피까지??
정말 싫다...

이렇게 애굽 온 땅이 파리 떼로 덮였지만
이스라엘 사람들이 사는 고센 땅에서는
파리 떼를 전혀 찾아 볼 수 없었어.
고센 땅?

고센이라고 하는게
이스라엘 사람들이
사는 지역 이름이야?

지중해
가나안
나일강의
삼각주
고센
신 광야
수르 광야
에 돔
바란 광야
애 굽
시내 광야
응. 고센은 요셉이
이스라엘 사람들을 애굽으로
이주 시킬 때 선택한 지역으로
애굽에서 가장 좋은 땅이란다.
오홍~
그렇구나!

맨날 맨날
어지럽히기만
하는구만!

구분된 고센 땅

세 번째 재앙까지는 애굽과 이스라엘의 구분이 없었는데,
아아~ 왜 우리 이스라엘 백성들까지 벌하십니까?

그것은 이스라엘 사람들도 함께 하나님의 능력을 체험하게 하기 위함이었어.
오~이것이 하나님의 능력이구나! 정말 대단하다는 말 밖에 할 말이 없군.

네 번째 재앙부터는 애굽과 이스라엘이 구분되지.

이를 통해서 이스라엘 사람들은 자신들이 구분된 하나님의 자녀임을 확인하게 되었고
하나님~우리를 자녀로 삼아 주셔서 감사합니다.

왜 이곳에는 파리가 한 마리도 보이질 않지??
그러게~우리랑 완전 다른 세상인데?

애굽 사람들은 이것이 이스라엘의 하나님이 보이신 능력이라는 것을 확인 하게 돼.
이스라엘의 하나님이 진짜 있구나...
그런가봐...

ㅇㅇㅇㅇㅇㅇ~~~
더 이상은 안 되겠다.
모세를
불러와라.

그래 니들이 원하는 대로
너희 하나님께 제사를 드려라.
오오..
드디어!

대신!
애굽 땅에서
제사를 드려라.
에??!!
말도
안 돼!

안됩니다. 애굽 사람들은 우리가
제사 지내는 것을 싫어할 것입니다.
그들이 우리를 돌로 칠지도 모릅니다.

우리가 사흘 길쯤 광야로 들어가서
우리 하나님께 제사를 드리겠습니다.

음..... 좋다!
대신 너무 멀리는
가진 못한다!!
네!
그렇게 하도록
하겠습니다.

그래 그럼...
지금 당장 너희
하나님께 기도
해서 이 파리들
좀 처리해라!
어!서!

내일이 되면 파리 떼가 보이지 않게 될 것입니다. 그리고 이스라엘을 보내주신다는 약속 절대 잊지 마세요~!

모세는 하나님께 기도 드렸고 다음 날이 되자 언제 그랬냐는 듯,
파리는 한 마리도 보이지 않게 되지.

놀랍게도 모든 파리가 사라졌습니다.
약속대로 그들을 보내 줄까요?

그들을 보내줘야만 하겠지?
네... 그들의 요구를 들어주지 않으면, 또 다른 재앙이 오지 않을까 걱정됩니다.

그런데 그들이 제사를 드리고 다시 돌아올까?
그대로 도망가면 어쩌지??
도망가서 다른 놈들과 손을 잡고 우리를 치러 오면 어떻게 하지??

음.... 그렇게 되면 곤란한데.... 음.. 음..
그래, 일단 그들을 보내선 안 되겠어!!!
어휴~ 진짜..
못났다, 정말~

바로에게 가서 다시 전하라. 이스라엘의 하나님께서 말씀하시기를 내 백성을 보내라 그들이 나를 섬길 것이니라.

약속과 다르지 않습니까?
싫다! 내 마음이야! 생각이 변했어!!
진짜~ 너무하시네...

바로는 또 거부하고, 하나님은 다섯 번째 재앙인 '악질 재앙'을 내리시지.
으~ 질렸다
정말~
그날 밤, 마굿간
쏴아아아아 !

쏴아악 !
쏴아악 !

다음날 아침

끙...
끄응..
끙...
끄응
헥...
헥...

털썩!
털썩!
털썩!

애굽 사람들은 황소의 신
아피스(Apis)와

암소의 수호신
하토르(Hathor)를
섬겼는데

이 숭배의 대상이 하나님의 재앙 앞에서
힘없이 죽음으로써 진정한 신은 하나님밖에
없음을 나타내신 거란다.

소를 왜 신으로 섬겨??
얼마나 맛있는데ㅋㅋ
아빠 우리 소고기
먹으러 가요. 배고파~
하하...
얘들이 갑자기
소고기 타령은~

소고기는 나중에 먹기로 하고.
'악질 재앙'도 '파리 재앙' 때와 마찬가지로
애굽과 이스라엘이
구분 된단다.
힝~소고기
ㅜㅠ

어째서 이곳 가축들은 멀쩡하지?
그러게
별일이 다 있군.

너희는 화덕의 재 두 움큼을 가지고 왕의 눈앞에서 하늘을 향하여 날리라

그 재가 애굽 온 땅의 티끌이 되어 애굽 온 땅의 사람과 짐승에게 붙어서 악성 종기가 생기리라

이 지겨운 하나님의 종들아!
어떤 재앙을 가져다준다 해도 나 바로왕은
절대로 굴하지 않을 것이다!!

응? 저건 또 무슨 수작이지?
???
휙

팟!

슈확
으아악!!!

으악!
이 시커먼 것들은
도대체 뭐야!!!
오마이갓!!!
으악~!!!

으악!!!
이게 뭐야!?!?
몸에 종기가
생겼잖아!!!

으으으~~~
제발 부탁이니
그만... 멈춰...줘.
·····

으악~ 온몸에 종기가!!!
윗!!!

아이가... 아이가 쓰러졌어요!!!
제발 그만하란 말이야..!!
털썩

이것이 여섯 번째 재앙인 '독종의 재앙' 이지!!

꺄~~~~악! 아빠 얼굴에도 독종이!!!
엥?

하하~이거 그냥 밥풀이야~~ 속았지~?
뭐야.. 언제 적 개그를... 완전 촌스러워...

'독종의 재앙'도 애굽의 우상을 꺾는 의미가 담겨 있는데
무슨 우상이 이렇게나 많아?!

으으~가려워 !!!

초토화 되는 애굽

애굽 사람들은 의술의 신 임호텝(Imhotep)과

질병의 신 세크멧(Sekhmet)을 섬겼는데

쏴아아!

이런 신들도 하나님 능력 앞에서는 무기력하다는 것을 보여 주셨지.
으악~가려워!
깨갱~살려줘 ㅠ.ㅠ

왕도 이 재앙으로 인해 고통 받지만

으으~내가 죽는 한이 있더라도 절대 이스라엘 놈들이 잘되도록 놔두지 않겠다!!!
기필코!!!

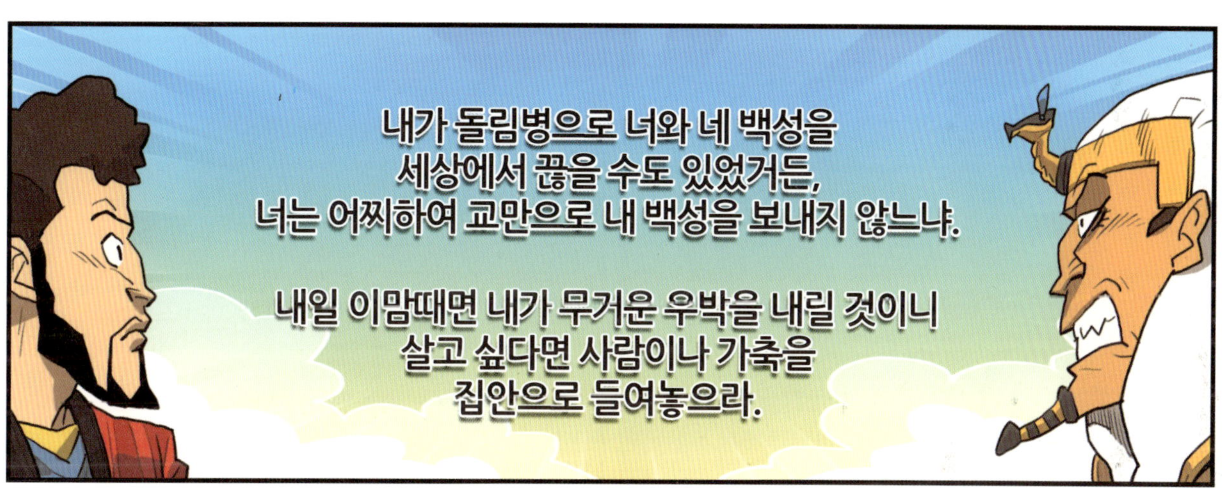

너는 아침 일찍 일어나 왕에게 가서 내 말을 전하라

내가 이번에는 모든 재앙을 너와 네 신하와 네 백성에게 내려 온 천하에 나와 같은 자가 없음을 알게 할 것이다.

내가 돌림병으로 너와 네 백성을 세상에서 끊을 수도 있었거든, 너는 어찌하여 교만으로 내 백성을 보내지 않느냐.

내일 이맘때면 내가 무거운 우박을 내릴 것이니 살고 싶다면 사람이나 가축을 집안으로 들여놓으라.

그럼 하나님의 말씀을 전했으니 우리는 돌아가겠소.
모세
아아악~~ 분하다!!!

왕은 이렇게 화만 냈지만, 신하들은 모세의 말을 귀담아 듣는단다.
이번에는 우박이래.
일단 살고 봐야지~

그리고 그중 일부는 집으로 돌아가서 사람과 가축을 집안으로 피신시키지.
절대 집 밖으로 나가지 마!

하긴 여섯 번이나 당했으니 겁나겠다. 왕만 혼자서 끝까지 똥고집이네...
그러게 말이야~

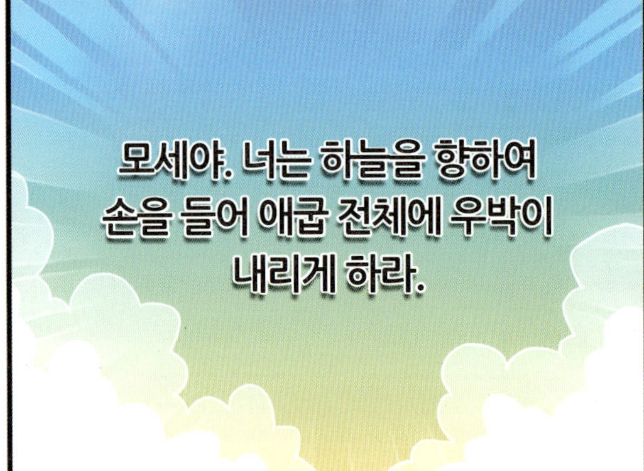

모세야. 너는 하늘을 향하여 손을 들어 애굽 전체에 우박이 내리게 하라.

팟!

모세의 지팡이를 통해 일곱 번째 재앙이 시작되는 순간이지. 그런데 각각 재앙에서 차이점이 있는 거 모르지?

차이점??
응~ 재앙마다 의미하는 것도 다르지만 재앙이 내려지는 방법에도 차이가 있어.

첫 번째부터 세 번째까지의 세 재앙은 아론의 지팡이를 통해 재앙이 내려지는데

처음 세 가지 재앙들은 비교적 가벼운 재앙이었고 왕궁 요술사들도 어설프게나마 흉내 낼 수 있었지.

네 번째부터 여섯 번째까지의 세 재앙은 지팡이 없이 재앙이 내려진단다.
항복! 항복!

네 번째 재앙부터는 요술사들이 흉내 낼 수 없었어. 게다가 여섯 번째 재앙 때는 요술사들이 주저앉아서 하나님의 능력을 인정하지.

그리고 일곱 번째 재앙부터는 다시 모세의 지팡이를 사용하여 재앙이 내려지는데

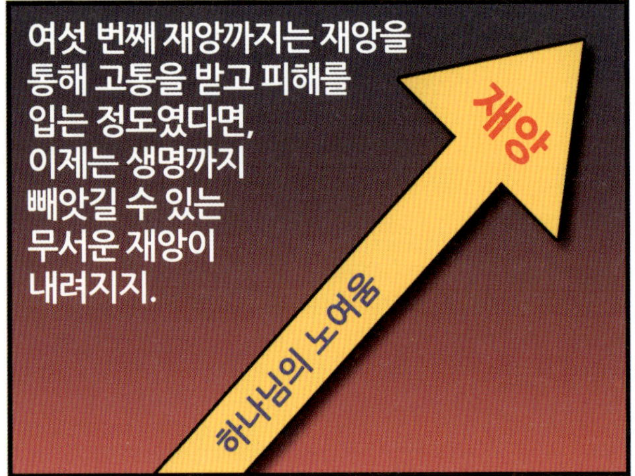

여섯 번째 재앙까지는 재앙을 통해 고통을 받고 피해를 입는 정도였다면, 이제는 생명까지 빼앗길 수 있는 무서운 재앙이 내려지지.
재앙
하나님의 노여움

재앙이 점점 무서워지는데
바보 같은 왕! 고집 좀 그만 부리시지!!!
터무니없는 소리! 절대로 그럴 순 없지. 에헴!!!

왕 한 사람의 고집 때문에 애굽의 수많은 사람들이 고통 받지. 지도자 한 사람의 결정은 매우 중요한 것 이란다.
링컨 대통령
다윗왕

스물스물
어라... 하늘이 왜 이래?
스물스물
스물스물

펑!

아니... 이게 뭐야?
설마, 우박인가?

아니? 이게 도대체 무슨 일이야?
저게 전부 우박이야?
맙소사... 엄청나게 쏟아지는데!?

콰광
우르르
쿠쿵
쿵

으앗! 마을이 무너진다!!!
콰
우르르

으앙~~!!! 살려줘, 엄마!!! 무서워!!!
콰앙
콰앙
쿵
위험해! 모두 피해!!!

펑!
맙소사! 불에 휩싸인 우박도 떨어져!!!

펑!
퍼펑!

화르르
쾅!
우르르
콰쾅!
화르르

피, 개구리, 이, 파리, 악질, 독종...
그리고 우박!
일곱 번째 재앙은 '우박 재앙'이란다.
맞으면 아프겠다!

우와~~~ 크기가 장난이 아니네?
어마어마하게 큰 우박이지!?

애굽 사람들은 하늘의 여신 누트(Nut)를 섬겼는데, 이 여신이 하늘을 관리한다고 생각했지.

누트의 팔과 다리가 하늘을 받치고, 누트의 몸은 하늘이자 천국이라고 생각하고 섬겼단다.

하지만 우박 재앙을 통해서
떡

하나님이 유일한 신이라는 것을 나타내시지.
Only One~~

마을과 성이 초토화되자
안되겠다!

왕도 포기하고 모세를 찾게 돼.
아무나 당장 가서 모세를 불러와라!

나와 내 백성이 잘못했으니, 우박을 그만 멈춰라.

제가 성에서 나가 하늘을 향하여 손을 펴면 우박이 멈출 것입니다.
왕께서는 세상이 하나님께 속했음을 확인하게 될 것입니다.

하나님. 이제 이들을 용서하시고 우박을 멈춰 주옵소서.
슝
슝
슝
쿠쾅
쿠쿠쿵

고요...

모세가 말한 대로 손을 펴자 우박이 멈췄어.
오~드디어 우박이 멈췄다!!!
휴~ 십년 감수했네.

이 나라가 생기고 이런 우박이 내린 적이 한 번도 없었는데... 이게 뭔 일이래....
하늘의 여신이 우리를 지켜주지 못하다니......

왕은 이스라엘을 보내주려고 생각하지만
휴... 이 정도로 끝나서 다행이군. 이번에는 이스라엘 놈들을 보내줘야겠어.

이번에는 신하들이 왕을 말린단다.
그러시면 아니 되옵니다!!

여태까지 가만히 있던 신하들이
니들 여태까지는 가만히 있더니 왜 그러는 것이냐?

자신들의 재산에 피해가 있자 갑자기 고집을 피우기 시작하지.
그놈의 재앙 때문에 우리까지 엄청난 피해를 입었다고!! 모세... 가만두지 않을 테다!!!

뭐라고 중얼거리는 거야?
나한테 이야기 해보렴.

우리 같은 대 제국이
이스라엘 따위에
항복하면 되겠습니까?
절대 안 됩니다!!!

음... 듣고 보니 맞는 말이긴 하네.
이스라엘을 보내주면 이스라엘은 물론
주변국들도 우리를 무시하게 될 거야.
뭐야~~
의외로
귀가 얇네??

역시 현명하십니다.
으~~~!!
얄미워!!!

우박으로 피해 입은
백성들에게 살 곳을
마련해주고 식량을
지원하라.
그리고 이스라엘을
놓아주자고 하는 놈은
매를 쳐서 성 밖으로
쫓아내라.

휴~~~과연 왕의 마음이 바뀌는 날이 오긴 하려나..
그러게요. 이 정도까지 했는데 버티다니...

하나님께서는 이제 어떻게 하실지 궁금하다.
하나님께는 분명한 계획이 있을 것이니 우리 조금 더 기다려 보지요.

모세야.

왕에게로 다시 가라.

하나님. 왕의 마음이 더욱더 완강해지고 있습니다. 우리를 절대 놓아주지 않으려 합니다.

내가 그의 마음을 완강하게 함은 나의 표징을 그들에게 보여주기 위함이며

내가 애굽에서 행한 일들을 네 아들과 네 자손의 귀에 전하기 위함이라. 너희는 내가 여호와인 줄을 알리라.

메뚜기로 뒤덮이는 애굽

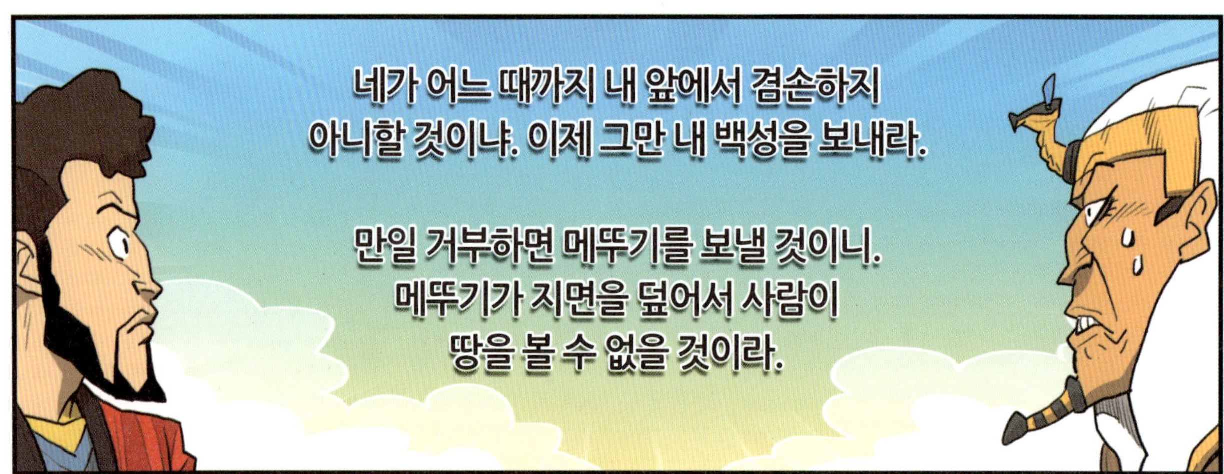

네가 어느 때까지 내 앞에서 겸손하지 아니할 것이냐. 이제 그만 내 백성을 보내라.
만일 거부하면 메뚜기를 보낼 것이니. 메뚜기가 지면을 덮어서 사람이 땅을 볼 수 없을 것이라.

왕이여!
어서 빨리!
알았다. 알았어... 생각할 시간이 필요하다!

음... 어쩌지... 지금까지 일로 봐서는 헛소리는 아닐 텐데.

이제 그만 그들을 놓아 주는 것이 좋을 것 같습니다.
그건 말도 안 되지. 우리 같은 강대국이 왜 이스라엘 신의 말을 들어야 하지!?
엥!!!

왕이시여. 애굽을 둘러보시죠. 이미 많은 재앙으로 망해버렸습니다. 이제 그만 그들을 놓아줘야 합니다.

망해??? 피해가
그 정도로 심하단 말이냐???

이것이 피해를 기록해 놓은
보고서입니다!

헐…….
뭐가
이리 많아?

너는 왜 이런 사실을
나에게 말하지 않았느냐???
그게…… 저……
어떻게 된거냐면……

모세를 불러서 그들의 요구를
들어주겠다고 하시지요.
그것이 애굽을 위한 선택입니다!

그래도 아니되옵…….
끄악!!!
너는 가만히 있고!
가서 모세를 불러와라!!!
쿵

그래 니들이 가서 니들 하나님께 제사를 드린다고 했지?
네 그렇습니다.

그럼. 제사를 드리러 가는 자는 어느 정도나 되느냐?
남녀노소 그리고 양과 소 무리를 데리고 가겠습니다.

그러나 왕은 이번에도 어린 아이와 여자들은 놔두고 장정만 가서 제사를 드리라는 말도 안되는 조건을 제안했지.
헐

그건 말도 안 됩니다. 우리 이스라엘을 온전히 보내주시오!!!
그런 말도 안 되는...

너희들이 안 간다고 한 것이니 나중에 딴소리나 하지 말거라.
휙

잠시 생각을 바꿨던 왕은 모세와 아론이 자신의 제안을 받아들이지 않자 다시 고집을 피우지.

완전 유치 뽕이다!!
왕 완전 억지 쟁이네!!

내가 가서 왕을 혼내줄래!!
빠샤!!!
하하하하~
기쁨아 진정해 ㅋㅋ 하나님이 또 다른 재앙을 내리실 것이니 조금만 기다려봐.

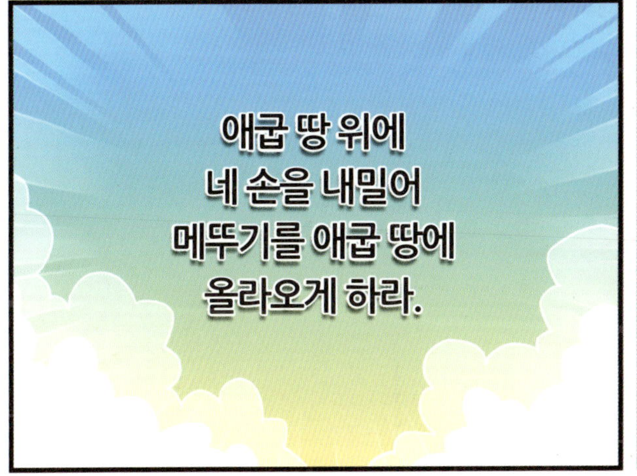

애굽 땅 위에 네 손을 내밀어 메뚜기를 애굽 땅에 올라오게 하라.

모세는 하나님이 시키신 대로 애굽 땅 위로 지팡이를 드는데

그러자 갑자기 동쪽에서 강한 바람이 불기 시작하는데
휘잉
휘잉

이 바람은 밤새 불어서
휘잉
휘~잉

다음 날 아침
어...
저게 뭐지???
뭔가가
몰려오는 것
같은데?

수 많은 메뚜기 들을 몰고 온단다.
우 우 우 우 웅

뭐야 저게???
설마... 메뚜기???!!!

이번엔 메뚜기 재앙이다!!!
모두 안전한 곳으로 대피해!!
으아악! 도망가~!! 메뚜기가 몰려온다!!!

어마어마한 메뚜기 떼가 마을을 쑥대밭으로 만들고 있어!!
도망가~!!

메뚜기들이 온 애굽 땅을 뒤덮었지.

어머나! 마을이 온통 메뚜기야!!!
으앗!!

메뚜기들은 우박을 피해 겨우 남아있던 모든 나무와 채소를 모두 먹어 치우고
이거라도 남아서 천만 다행이야...

애굽에는 더 이상 푸른 것이 남지 않게 된단다.
휘잉~
이런... 망했다!!!

이것이 여덟 번째 재앙인 '메뚜기 재앙' 이란다.
메뚜기!
메뚝~ 메뚝~

애굽 사람들은 곡식의 신 '세트 (Seth)'를 섬겼는데

하나님의 능력 앞에서 힘 한번 써보지 못하고 맥없이 무너지지.
항복...

또한 이 메뚜기 떼들은 애굽이 아닌 먼 곳에서 온 것인데, 먼 곳에 있는 메뚜기들을 조종함으로
우리는 유럽 출신!
우리는 아시아!

하나님의 능력이 애굽에만 영향을 주는 것이 아니라 온 땅에 영향을 주고 있음을 보여주신 것이지.

ㅇㅇㅇㅇ...
이래서는 아무 것도 할 수가 없잖아!!! 모세 어디 있어!?!?
웽
웽
웽
웽
웽

음...어험...음음....
왜 자꾸 오라가라야...

왕은 모세와 아론을 다시 불러서, 한 번만 봐달라고 사정을 한단다.
이번만 나의 죄를 용서하고 너희의 하나님께 구하여 재앙이 멈추게 하라.

모세~!
내말 듣고
있는 거지??
. . . . .

모세가 하나님께 기도하자
주님.. 이제 그만
메뚜기를 거둬 주소서.

서쪽에서 강한 바람이 불기 시작하지.
휘~~잉

오홋!
서쪽에서
바람이!!
휘잉

조힘해!!!(조심해)
어버!!!
휘잉
바람 장난 아니다~~!!
날아가 버리겠어~~!!!
휘잉

서쪽에서 불어온 강한 바람은 애굽을 뒤덮고 있던 메뚜기들을 홍해로 몰고
Good-Bye
휭~

애굽에는 메뚜기가 하나도 남지 않게 되지.
메뚜기가 없어졌어!
휴~~ 살았다...

자, 왕께서 원하는 대로 메뚜기 재앙을 멈췄으니 어서 약속을 지키시오.
오홍홍~ 글쎄!

하지만 왕은 다시 마음을 바꾸고 그들의 요구를 들어주지 않는단다.
뻥이지롱~

설마, 진짜!?!? 인간적으로 좀 심한거 아냐?!
메뚜기들 다~ 집에갔네~
아싸~ 신난다 신나~
완전 대박~!!! 으~~~ 얄미워!!!
까불
까불

진짜 이상하네. 이랬다가 저랬다가..!!
내 속엔~♪ 내가 너무도 많아~서~♬
낄낄낄

이젠 왕의 저런 태도가 익숙하다. 이젠 화도 안 나네!!
에휴...

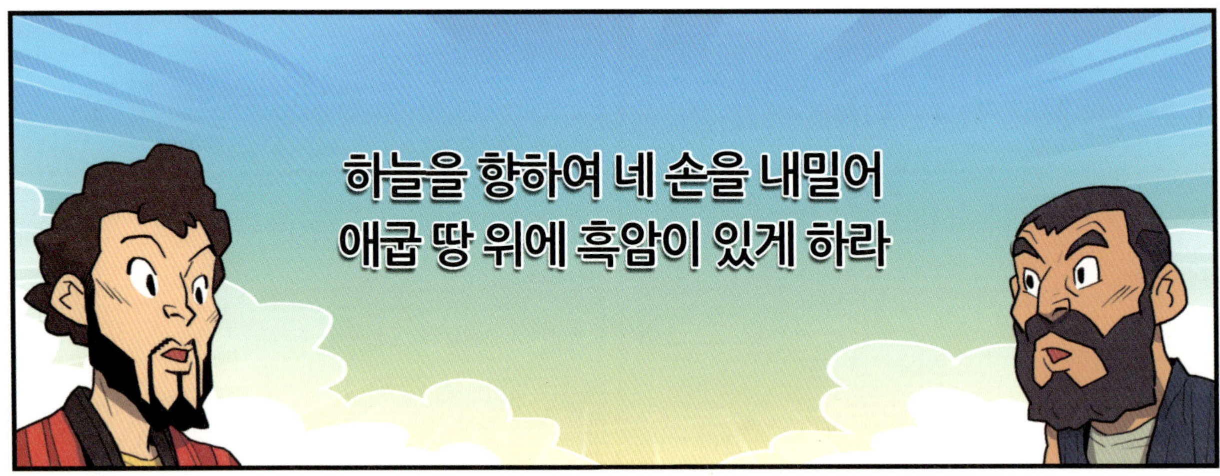

하늘을 향하여 네 손을 내밀어 애굽 땅 위에 흑암이 있게 하라

모세가 하나님의 음성을 따라 하늘을 향해 지팡이를 들자
팟

애굽에는 모든 빛이 사라진단다.
아니?

온 애굽이 어둠으로 가득 차게 되는데

이것이 아홉 번째 재앙인 '흑암 재앙' 이지.

애굽 사람들은 태양의 신 '라(Ra)'를 섬겼는데

이 태양의 신은 애굽 사람들이 섬긴 신들 중에서 최고의 신으로...

어흥!!!
우왓! 깜짝이야!
팟!

아이쿠, 깜짝이야...
잘 어울리는데? ㅋㅋㅋ
미안,미안~
아빠 완전 놀랐지?
털썩

'애굽 사람들은 태양의 신 라(Ra)를 섬겼다' 까지 이야기 했지?

하나님께서는 이 흑암 재앙을 통해 이 우상을 무력화 시키신 것이란다.
너무... 어두워요ㅜㅜ

어흥!!!
으아앗!!!

이렇게 애굽 전체가 어둠으로 가득 찼지만
질질질~

이번에도 역시 이스라엘의 고센 땅에는 빛이 있었단다.
저쪽은 왜 저리 어두운 거지?

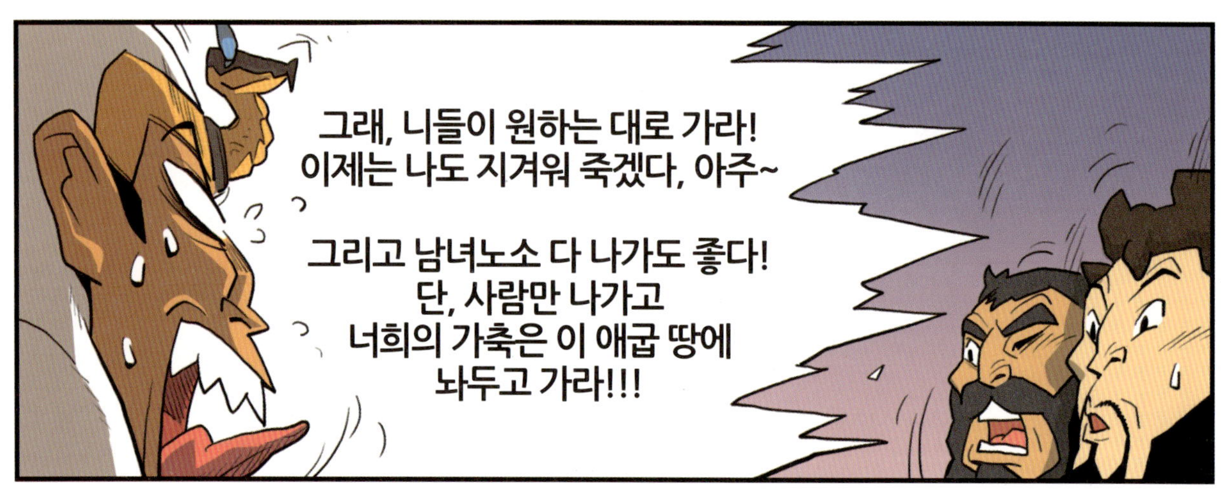

그래, 니들이 원하는 대로 가라!
이제는 나도 지겨워 죽겠다, 아주~

그리고 남녀노소 다 나가도 좋다!
단, 사람만 나가고
너희의 가축은 이 애굽 땅에
놔두고 가라!!!

그럴 순 없습니다!
우리는 가서 우리
하나님께 제사를
드려야 되고

제사를 드릴 때
번제물로 사용 할
양과 소가
필요합니다!

가축은 이 땅,
애굽에서 난 것이니
모조리 여기에 두고
나가란 말이다!!

우리가 갈 때 우리의
가축들도 함께 가야
됩니다. 왕의 말대로는
할 수 없습니다!!!

그래???!! 그럼 꺼져!!
그리고 다시는 내 얼굴을 보지 말라.
내 얼굴을 다시 보는 날에는
반드시 죽게 될 것이다!!

쾅!

마지막 재앙

아...하나님...
왕이 말을 듣지 않습니다.
어떻게 해야 할까요?

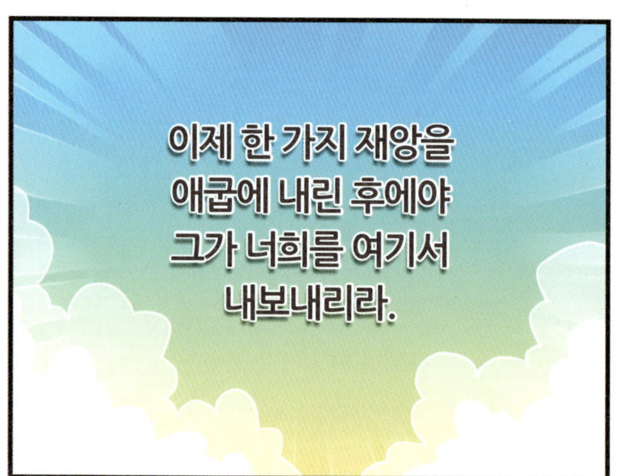

이제 한 가지 재앙을
애굽에 내린 후에야
그가 너희를 여기서
내보내리라.

하나님의 음성을 들은 모세는
다시 왕을 찾아가지.
이것들이 겁을 상실했나!!!
내 얼굴을 보는 날에는
죽게 될 것이라
하지 않았느냐!?!?
버럭

하나님의 말씀대로
하지 않으면 애굽 땅에 있는
모든 처음 난 것은 왕의
장자로부터 노예의 장자와
모든 가축의 처음
난 것까지 전부
죽게 될 것입니다.
듣기 싫다!!!
지금 당장
내 눈앞에서
사라져라!!!
휙

그런데 왜 왕은 그런 재앙을 보고도 끝까지 고집을 피우는 거야??
내가 볼 땐 분명히 성격장애인 것 같아~

하하하! 성격장애가 맞을지도 모르지. 그런데 많은 사람들이 왕과 같은 실수를 지금도 저지르고 있단다.
성격장애 왕이 또 있어!?

지금도 많은 민족들이 지진, 홍수, 태풍, 가난, 질병, 전쟁 등의 재앙으로 고통 받고 있지만
살려줘~
꾸웩

괜찮아, 괜찮아~
댐을 더 크게 지으면 되지.
조상님들이 노하신 건가?
살다보면 이럴수도, 저럴수도 있는거야.
불공을 덜 드려서 그런가?

그 근본적인 원인은 모른 채, 잘못된 방법을 선택하여
더 많은 재앙에 노출되고 있단다.

가까운 나라만 봐도 많은 재앙으로
고통받고 있는 것을 볼 수 있지.

8,000,000개 우상

마지막 재앙을 앞두고,
모세는 이스라엘의 장로들에게
하나님의 음성을 전해 주었고

장로들은 이를 모든 이스라엘 백성에게
전달했어.

백성들은
장로에게
전해들은 대로
어린 양을 잡아
의식을 치르고
?
?

해질녘에 양의 피를
집 좌우 문설주와
인방에 바른단다.
인방
설주
설주
문지방

그 피는 그리스도께서 십자가에서 흘리신 피를 의미하지.

양의 피
=
십자가에서 흘리신 피

맞아! 하나님이 예수님이고, 예수님이 하나님이란다.
응??? 그러니까 그게 무슨 말이야~
하나님, 예수님, 성령님 이렇게 세 분이 계시는데, 이 세 분은 곧 한 분이야. 이것을 '삼위일체'라고 해.
성부 = 하나님
성자 = 예수님
성령 = 성령님
삼위일체

엥? 하나님이 예수님도 되고, 성령님도 되는거야?
그럼 예수님도 하나님이 되는거고,
성령님이 또 하나님도 되고...
으아~복잡해!!!

그러면, 그 세 분이 서로 뭐가 다른 거야??
하나님?
삼위일체?
성령님?
예수님?
?

음~ 신학적으로 많은 의미가 있지만, 쉽게 설명해 줄게.
알기쉽게, 쏙쏙!

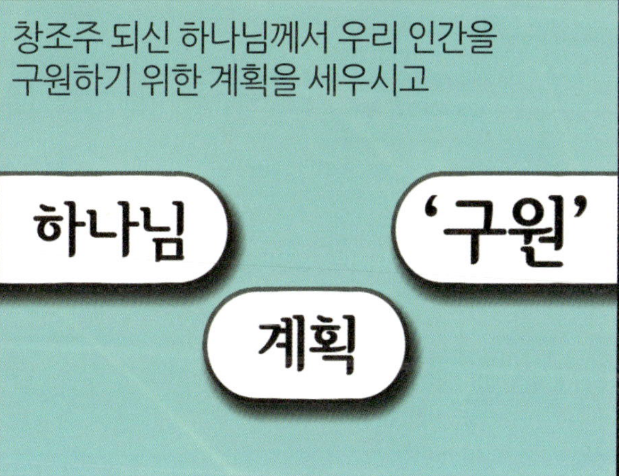

창조주 되신 하나님께서 우리 인간을 구원하기 위한 계획을 세우시고
하나님
'구원'
계획

이 계획을 실행하시기 위해서 직접 인간의 몸을 입고 이 땅에 오셨는데, 그 분이 바로 예수님이셔.

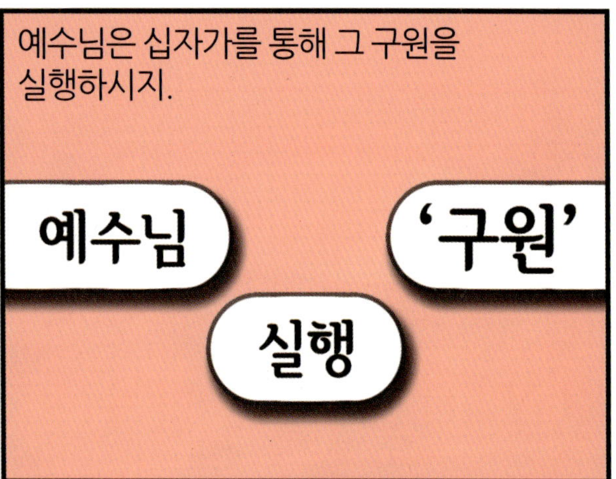
예수님은 십자가를 통해 그 구원을 실행하시지.

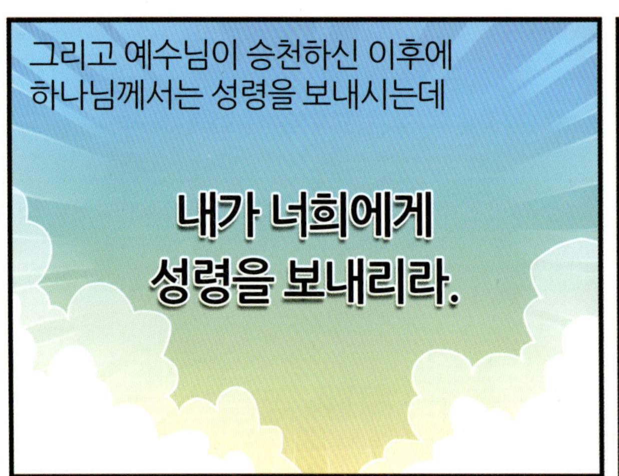
그리고 예수님이 승천하신 이후에 하나님께서는 성령을 보내시는데

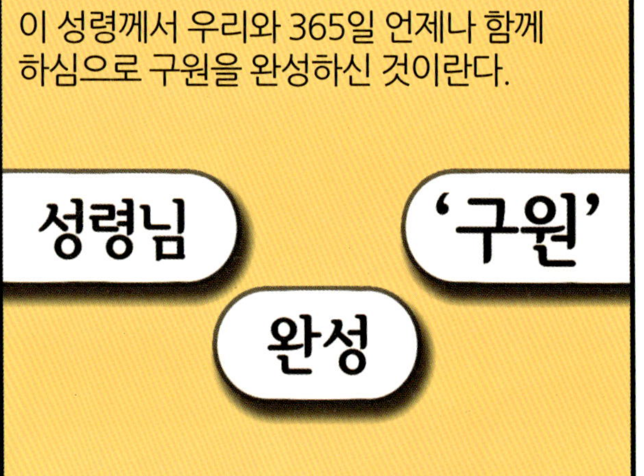
이 성령께서 우리와 365일 언제나 함께 하심으로 구원을 완성하신 것이란다.

아빠! 나는 도무지 이해가 되질 않아~!!
하하~

그렇지. 머리로 이해하려면 이해도 안 되고 어지럽기만 할 거야. 이해하는 것이 아니라 믿는 것이고, 이해되는 것이 아니라 믿어지는 거란다.
힝...

우리 기쁨이가 갑자기 심각해졌네.
머리에 무슨 문제가 있나봐. 무슨 말인지 도통 모르겠는걸~

기쁨이한테 문제가 있어서 그런 것이 아니니까 걱정 안 해도 돼.
아빠랑 같이 성경이야기를 듣다보면 하나씩 하나씩 믿어지게 될 거야~
응응~

유월절

그렇게 이스라엘 백성들은 예수 그리스도의 피를 상징하는 어린양의 피를 자신들의 문설주에 발랐지.

그리고 해가 지자 어두운 그림자가 애굽의 모든 집에 방문하는데, 양의 피를 바른 집은 그냥 넘어간단다.
슈슉
슈슈슉
스스슉

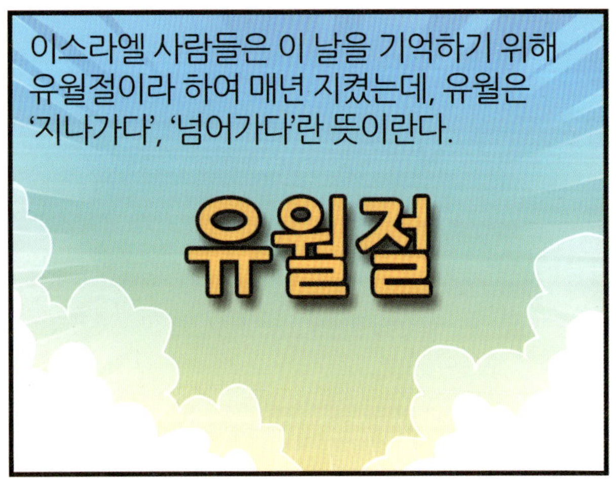

이스라엘 사람들은 이 날을 기억하기 위해 유월절이라 하여 매년 지켰는데, 유월은 '지나가다', '넘어가다'란 뜻이란다.
유월절

예수 그리스도의 피로 우리에게 임할 재앙이 넘어가고 우리는 구원을 받게 됐음을 의미하지.
재앙
저주

그날 밤 피를 바르지 않은 모든 집에는 울음소리가 가득 차는데
여보!! 우리 첫째가!!!
이런!! 안돼!!!
싸늘

이것이 하나님이 애굽에 내리신 마지막, 열 번째 재앙이란다.
으아앗!!!
안돼!!!
도대체 이게 무슨 일인가!!!
우리 첫째가!!!
오~신이시여!!!

왕의 첫째 아들도 이 재앙을 피해 갈 순 없었지.
덜
덜
덜
덜
덜

부르르르
꼭 이렇게 되기까지 고집을 피우셔야 했는지...

왕은 자식을 잃고 나서야 굴복하고 이스라엘 백성을 보내주지.
...떠나라...... 그리고 다시는... 돌아오지 말라......

드디어 왕이 우리에게 떠나라고 하였습니다.
할렐루야!
오~드디어!

자, 모두들 떠날 준비를 하시고 애굽 사람에게 은, 금 패물과 의복을 받으러 갑시다.
엥?
애굽 사람에게?

저기.....저..... 패물이나 옷을 좀 나눠주실 수... 있을까요..?

이 정도면 될까요?
우왓! 이렇게나 많이 주시다니!?

아니, 저 비싼 물건들을 그냥 주는거야? 애굽 사람들이 갑자기 착해졌나?
갑자기 착해진 건 아니고, ㅎㅎ

애굽 사람들의 눈에는
애굽의 신들을 굴복시킨
모세가 위대하게 보였던 것이지.
그래서 순수하게 은과 금도
내어준 것이란다.
우 상
타 파

이거 받으시고
우리 가족을 위해서
기도해 주세요.
더 필요한 것이
있으면 말하세요.
죄송해요.
이것밖에 드릴 것이
없어요.
그동안 이스라엘 사람들을
미워했는데, 미안합니다.

뜻밖에 애굽 사람 들이
협조를 잘해주는걸?
그러게 말이야~ ㅎㅎ

모세여~ 떠날 준비가
모두 끝났습니다.
OK~!

이스라엘 백성이 애굽에 거주한 지 사백 사십년 만에
애굽 땅에서 나오는 순간이지.

그 수는 장정만 육십만이었으니, 아이들과 여인들의 수까지 합하면
백만명 이상이 되겠지?

하나님은 이스라엘 백성이 가는 길을 인도하셨는데,
낮에는 구름기둥으로 인도하시고
휘 이 이 이 잉

밤에는 불기둥으로 인도하셨단다.
덕분에 낮밤 가리지 않고 이동할 수 있었지.
쿠 우 우 우 우

구름기둥? 불기둥?
좀 멋진데? ㅋ
오~하나님 완전
친절하신데?
완전 호감형이야!

그런데 이스라엘 사람들을 친절하게
인도하신 것처럼 지금도 우리를
친절하게 인도하고 계신단다.
지금도??

아빠 그게 무슨 말이야? 나는 구름기둥이나 불기둥을 한 번도 본 적이 없는데?
맞아~맞아~~

구름기둥 불기둥은 아니지만, 지금도 정확하게 우리를 인도하고 계셔.
BIBLE

우리가 예배에 참석해서 듣는 말씀을 통해 갈 길을 알려주고 계시지.
아하!!!

그러면 이번 주에는 더 집중해서 들어봐야지!
그래, 그래~ 하나님이 나에게 어떤 말씀을 주실까 질문하며 귀 기울여 보렴.
그럼, 나도 한번 들어볼까...?

이렇게 이스라엘 사람들은 하나님의 인도를 따라 홍해 앞에 도달하였고
홍해

그 앞에 장막을 치고 잠시 휴식을 취한단다.
어우~ 피곤해.
푹 쉬세요!

장막 뒷편
두두두 두두 두두

어? 저게 뭐지? 웬 먼지바람이...??
왜 그래~ 뭐라도 본거야??

이스라엘 놈들을 하나도 남김 없이 없애버려라!!!
네!
죽여라!!!

으아앗! 애굽 군대가 몰려온다!!!
뭐?
큰일 이다!

뭐라고!!!
애굽 군대가 오고 있다고!?

[이스라엘의 유월절]

유월절은 이스라엘의 명절 중에서 가장 큰 명절입니다.
무려 3500년 동안이나 지켜지고 있는데 세상에서 가장 오래된 명절이기도 합니다.
유월절이 되면 법정공휴일로 3주간의 긴 휴일이 시작됩니다.(직장인들은 2주간)

유월절을 앞두고 집안 구석구석에 있는 누룩을 제거하는데, 찾아낸 누룩은 일정한
장소에 모아 두었다가 성전에서 보내는 신호에 따라 동시에 태웁니다.
(누룩은 빵이나 술을 만들 때 쓰이는 발효제)

누룩을 제거하는 것은 순전함과 거룩해짐을 상징하는 의식이기 때문에 매우 철저하
게 진행되는데, 누룩을 제거하는 시간으로 일주일이라는 긴 시간이 주어질 정도입
니다. 단순히 청소를 하는 정도가 아니라 모든 가구를 들어내고 온 집안을 한바탕
뒤집어엎는 대청소가 진행됩니다. 누룩 제거를 대행해주는 회사도 있다고 합니다.

대청소를 하는 김에 아예 새 가구를 장만하는 가정이 많아서 길에는 헌 가구가 많
이 버려지는데, 가난한 사람들에게는 버려지는 헌 가구를 가져다가 새 가구를 장
만하는 기간이기도 합니다.

이 기간 동안에는 누룩이 들어가지 않은 빵인 마짜(무교병)만을 먹기 때문에 이스
라엘의 모든 슈퍼마켓은 제빵 코너가 폐쇄됩니다.

이스라엘의 위기

우리가 당한 게
있는데 쉽게
보내 줄 것이라
생각했더냐!!!!
내 마지막
선물이다!!
흐흐흐흐
뒤에서는 엄청난 숫자의 애굽 군대가 몰려오고
히익
두 두 두 두 두 두 두
뜨아
후덜덜

앞에는 홍해가 넓게 펼쳐져 있고
휘~잉
허걱
이런 망할 홍해!!!
이게 도대체 무슨 경우야!?!?
뜨헉

앞으로 가면 물고기 밥이 되고,
뒤로 가면 꼼짝 없이 칼에 찔려 죽겠다!
이제 겨우 애굽에서 나왔는데... 너무해!!!

앞으로 갈 수도 뒤로 갈 수도 없는 상황에 처한 것이지.
으앗! 완전 막막해!
쿵!
절망적이야.

사람 수도 더 많은데 그냥 싸워서 혼내주면 안 돼!?
숫자는 더 많았지만 아이와 노인들이 포함되어 있었고, 이제 막 애굽에서 나왔기 때문에 싸울 준비가 전혀 되어있지 않았어.
콱

그리고 이스라엘을 추적한 애굽의 군대는 엄청난 숫자의 병거로 구성되어 있는데
병거???

병거는 병사가 뒤에 타고 말이 앞에서 끄는 수레로 전쟁에 많이 쓰였는데,

애굽은 이 병거로 구성된 군대를 보유함으로 주변국가에 권력을 행사할 수 있었단다.
두
둥

게다가 이 군대를 지휘한 사람들은 특별히 선별된 특수부대 600명 이었어.
스파르타가 300이라면 우리는 그 2배인 600이라고!!!
스파..르...타
척

변덕쟁이 엉터리 왕~ 보기보다 힘 좀 있으시네!?
그걸 말이라고 하냐!? 이래 봬도 대 애굽의 왕이란 말이다. 어처구니없는 녀석들~

그나저나 큰 일 났네! 왕이 이스라엘 사람들을 죽이려고 단단히 맘을 먹었나봐~
왕이 동원할 수 있는 가장 강력한 군대를 동원한 것이지.

그럼 이스라엘 사람들은 어떻게 했어??
무서워서 울었을까?
아니면...
하나님의 능력을 직접 체험했으니 담담했을까?

음... 사랑이 말대로 그래야 하는게 맞는데, 막상 문제 앞에 서면 믿음을 고백하는 것이 쉽지 않단다.
왜 이런 큰 문제가!? 망했다...하나님은 안 계시는 건가!?!?
문 제
대인관계
직장문제
경제문제
갈등, 오해
불안한미래...

들었어요? 지금 애굽 군대가 몰려오고 있는데요!
네?? 그럴 리가..... 이제 겨우 애굽에서 나와서 좋아했는데!

왕이 갑자기 마음이 바뀌어서 우리를 잡으러 오고 있는데요.
완전히 속았네요.. 속았어! 그의 말을 듣는 게 아니었어...

여러분~! 우리가 완전히 속았어요!!
우리 모두 꼼짝없이 죽게 되었다고요!!
뭐라고!?
이런, 망했다!!
수근 수근
수근 수근

애굽 군대가 몰려온다는 소식이 알려지자
빨리 대책을 세워야 돼!! 모두 귀중품만 챙겨서 도망가자! 서둘러!
후다닥

이스라엘 사람들은 큰 혼란 속에 빠지고
으앙~!!!
엄마~!!! 무서워~!!!

불신앙하며 절망 속에 빠진단다.
오~하나님. 우리를 살려주소서!
오, 주여!!!
절대 우리를 버리지 마소서!

주여!! 주여!!! 주여!!!!
왜 애굽에서 나오게 하신 겁니까!?!?

우리 함께 모세를 찾아갑시다. 우리가 완전히 속았어요.
맞아요~~ 가봅시다!!
모세~!!! 어디 있는 거야!?!?
모세보고 다 책임지라고 해!!!

이스라엘 사람들은 따지기 위해 모세를 찾아가지.
모세~~! 안에 있으면 나와 보세요.
?

내 말부터 들어보시오.
무슨 말을 들으라는 거야!!
그 말 듣다가 다 죽게 생겼는데~
웅성
웅성
웅성

아니! 애굽에 매장지가 없어서 우리를 여기까지 데리고 나왔습니까!?
이런 곳에서 죽을 바에는 차라리 애굽땅으로 돌아갈래요!!!
도대체 무슨 이유로 우리를 애굽에서 꺼내온 거요?
우리가 그냥 애굽을 섬기겠다고 했잖아요!!

우리는 그렇다 치고 우리 아이들은 이제 어쩔 거요!?

왕에게 얘기해서 우리가 다시 애굽으로 돌아갈 수 있게 해주시오!
일단 살고는 봐야 하지 않습니까!!!

맞아 맞아!
이렇게 죽는 것보다는 종처럼 살아도 목숨이라도 지키는 게 낫다고!!
· · · · · ·
우리를 돌려 보내줘!!!
그냥 우리끼리라도 돌아가자고!!!
시끌 시끌
우왕좌왕

어험..음...
그러니까, 저기...
번쩍

조용히 듣고 있던 모세가 드디어 입을 열었는데
두려워하지 말라.

너희는 두려워하지 말고 가만히 서서 여호와께서 오늘 너희를 위하여 행하시는 구원을 보라.

모세는 차분하면서도 아주 단호하게 이스라엘 사람들의 불신앙을 잠재웠지.
너희가 본 애굽 사람을 다시는 볼 수 없게 되리라.
주님께서 너희를 위하여 싸우실 것이니 진정하고 지켜보아라.

오오~~모세 아저씨, 뭔가 달라졌는데!?
모세님 완전 멋있어 졌어! 카리스마 짱이야! ㅋ

이것이 왕궁 40년, 그리고 광야 40년을 통해 준비된 이스라엘의 지도자, 모세의 모습이야. 어때, 멋지지?
응! 응!
인정! 인정! ㅋ

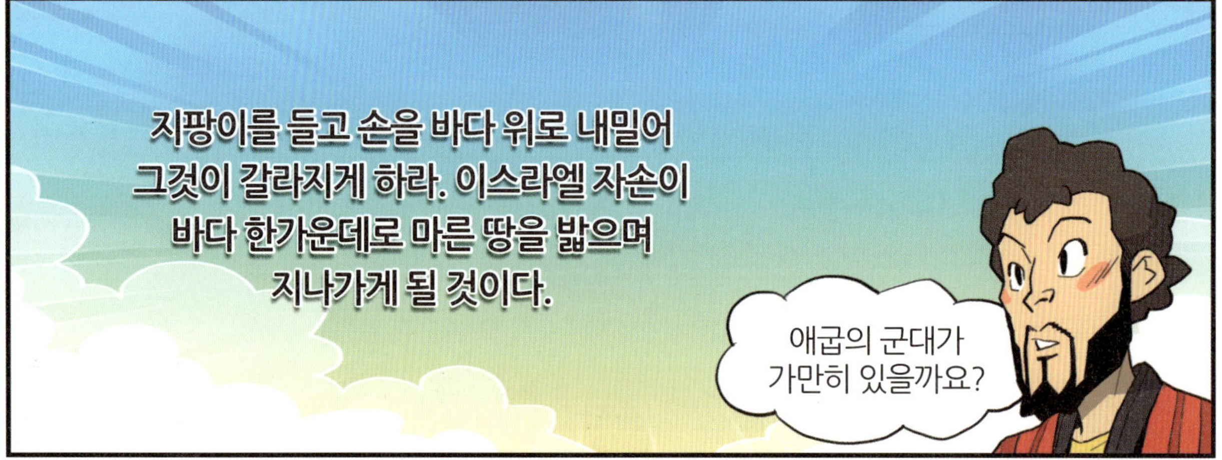

지팡이를 들고 손을 바다 위로 내밀어 그것이 갈라지게 하라. 이스라엘 자손이 바다 한가운데로 마른 땅을 밟으며 지나가게 될 것이다.
애굽의 군대가 가만히 있을까요?

애굽의 군대가 너희를 뒤쫓을 것이나, 모두 전멸하게 될 것이고 그들은 나를 인정하게 될 것이다.

하나님께서는 모세가 해야 될 일과 앞으로 일어날 일들에 대해서 말해주셨어.
주여 제가 그대로 행하겠습니다.

그때 이스라엘 진 앞에 있던 구름기둥이 진 뒤쪽으로 이동하여
어라! 구름이 어디로 가는 거지??
슬금 슬금

이 구름기둥은 이스라엘과 애굽 군대 사이를 가로막고 서서
우왓! 갑자기 구름이!?
끄아

이스라엘에게는 빛을 비춰 주고
저 구름기둥이 우릴 보호하나봐~

애굽 군대에게는 깊은 어둠을 주었지.
끄응~
너무 어두워서 진격이 힘드니 날이 밝을 때까지 기다리자.
아무것도 안보여~
허우적 허우적

구름기둥 덕분에 애굽 군대는 밤새도록 이스라엘 사람들에게 접근 할 수 없었어.
빨리 이스라엘 놈들을 잡아야 하는데!
왜 이렇게 어두워!
아무튼 내일이면 다 끝장이다!
오~구름기둥 덕분에 시간을 벌었어~
이참에 빨리 떠날 준비를 해야겠어!
주여...

오홍홍~~ 기가 막히다!! 구름 덕분에 시간을 벌 수 있게 됐네! 이스라엘님들 이 틈에 어서 도망가세요~~~
팟

그런데 바람이 분 것도 아닌데, 구름이 왜 갑자기 움직였지??
성경에 보면 이렇게 나와 있단다.

이스라엘 진 앞을 인도하는
하나님의 천사가 진 뒤로 옮겨가자,
진 앞에 있던 구름기둥도
진 뒤로 옮겨가서....

[출애굽기 14장 19절]

하나님이 눈에 보이지 않는 천사를 보내서 이스라엘을 도우셨고, 그 천사를 통해 구름기둥을 움직이신 것이란다.

모세가 바다 위로 손을 내밀자 강한 바람이 불고
홍해가 크게 요동하기 시작하지.

어? 또 바람이 부는 거야?
아빠, 성경에는 바람이나 물, 불이
자주 등장 하는 것 같아.
바람과 물, 불은 사람의
힘으로는 당해 낼 수 없는
강력한 힘을 나타내는데

과학이 엄청나게 발달한 지금도
바람, 불, 물 같은 자연 앞에서는
속수무책으로 당할 정도로
자연의 힘은 어마어마하단다.
번쩍
화르륵
우당탕

이 땅의 모든 만물을 창조하신 분이 하나님이시기 때문에
이 자연을 자유자재로 움직이시는 것이야.
두
둥

홍해 갈라지다

하나님은 한 손엔 불을, 한 손엔 바람을 발사하는 슈퍼맨!!! ㅋㅋㅋ
파앗
슈슉

하나님은 슈퍼맨 같은 만화 속 캐릭터가 아니라, 이 세상을 창조하신 창조주야! 이 녀석, 요즘 게임을 많이 하더니...!
초강력 울트라 파워!!!
호잇~
호잇~
츄파앗!

기쁨이는 당분간 게임 못하게 해야겠다!
아빠! 그런 게 어디 있어! 농담한 거야, 농담~~ 하나님은 창조주! 나도 잘 알아.

그렇지? 농담이었지? 그럼 모세이야기를 계속 들어볼까?
휴~~

강한 바람은 밤새 불었고 홍해는 크게 요동쳤지.
철썩
철썩
철써억
철썩
철써억

다음날 아침
휘이이
휘이이잉
휘이이잉

엥!?!?
도대체 이게 무슨 일이람!?
휘이잉

여러분~! 모두 일어나서 바다를 보세요!!
후다닥

다음 날 아침 이스라엘 사람들은 홍해를 보고 크게 놀라게 되는데
허걱
헉
뜨아

이스라엘 사람들 눈앞에 믿을 수 없는 광경이 펼쳐졌단다.
두
둥
슈
슈
슈
슈
슉
슈
슈
슈
슈
슉

우왓!
드디어 갈! 라! 졌!다!
이 장면을 얼마나 기다렸다고!!!
완전 멋져!!!

으이구~ 쟤 또 시작이네. 못 말려 정말~
앗~싸!!! 신난다~신난다~
폴짝

에휴~벌써 친구한테까지 이야기했구나?
다다다다
우와~ 진짜 바다가 갈라졌어!?
응! ㅋㅋㅋ

하나님께서 밤새 바람을 일으켜 물이 물러나게 하셨습니다.

장로님들은 서둘러 백성들이 이동할 수 있도록 도와주시오.
알겠소!

그런데 물이 다시 차면 어쩌지!?

어차피 여기 있어도 애굽 놈들한테 죽는 건 마찬가지잖아!?
하긴...

이러나 저러나 어차피 죽는거 한번 가봅시다.
그래요 애굽 군대가 오고 있으니 어서 서둘러요!

이스라엘 사람들은 홍해를 건너기 위해 분주히 움직였는데
영차~ 서둘러 홍해를 건너가야해.

날이 밝자 애굽 군대는 이스라엘 백성을 다시 추격하기 시작했어.
날이 밝았다! 구름기둥도 사라졌으니 이스라엘 놈들을 잡으러 다시 출발하자!!
와~!!!
잡아라!!!

꼼짝말고 기다려라, 이스라엘 놈들아!!!
번뜩
와아
죽여라

하나님의 예언대로 이스라엘 백성들은 마른 땅을 밟으며 홍해 가운데로 지나가고
슈 슈 슉
슈 슈 슈 슉

말씀대로야... 바다가 마른 땅이 돼버렸어.
정말... 직접 보고도 믿어지지가 않는군.
정말 바다를 마른땅으로 지나게 되다니...
저벅
저벅
저벅

우와~~~
바닷물이 벽으로 변했어!
완전 신기하다!!!
우와~~~
슈 슈 슈 슉

이스라엘 백성들이 홍해를 건너는 동안 애굽 군대는 홍해 앞에 도착했어.
헐~~~
대박...
이게 뭐야! 어떻게 바다가 갈라져있지?

어이~거기! 가서 괜찮은지 살펴보고 와!
네!
근데 왜 하필 나야 ㅠㅠ

우왓!!!! 이런 건 처음 봐... 괜히 들어갔다가 죽게 되는거 아냐??
슈 슈 슉

어라~ 아무 일도 없네?
그냥 평범한 마른 땅이잖아!?
탁탁
탁

다들 봤지??
겁먹을 필요 없다!!
전군 돌격하라!!!!!
와
아
아

와~!!!
꼼짝말고
기다려라,
이스라엘 놈들!
죽여라!!
우르르르
우르르

이러다가 홍해를
다 건너기 전에
잡히고 말겠어!
그래서 하나님이
애굽 병거에
손을 써놓으셨난다.

어~어~
이게 왜 이래?
으앗! 앞에
조심해~!!!
덜거덩
휘청

애굽 군대의 병거가 고장 나는 바람에
이스라엘 사람들은 잡히지 않고 홍해를
무사히 건널 수 있었단다.
우당탕

수장 되는 애굽 군대

너는 바다 위로 너의 팔을 내밀어라. 그러면 바다가 다시 회복되고 물이 애굽 군대를 덮을 것이다.

하나님의 말씀대로 바다가 다시 회복되어
모두 도망가!~ 물이 몰려온다!!!

이스라엘 백성들이 지나간 마른땅은 다시 바닷물로 차오르기 시작했지.

사람 살려~~!!!
으앗! 살려줘!!!
이렇게 죽는건 싫어!!!
누가 나 좀 구해줘~~!!!
콰아아
콰아아아
콰아아아

헐...완전 전멸이네.
불쌍해...
슈 슈 슈 슈 슈 슉
콰아 아 아
콰아 아 아 아

홍해의 물은 이스라엘에게는 보호의 벽이었지만,
애굽 군대에게는 심판과 죽음의 벽이었던 거야.
그렇구나.
꼬르르륵
꼬르륵
콰아아

그런데 우리가 여기서 생각해 볼 것이.
모세가 손을 들자 바다가 갈라진 걸까!?
응?
그럼?

지구와 달 사이에 작용하는 만유인력의
법칙으로 썰물현상이 일어났고
그로 인해 조석 간만의 차에 의한
바닷길이 열린거 아닐까?
어렵다~

기쁨아~ 그게 다 무슨 뜻인지는
알고 말하는 거지?
사실 무슨 뜻인지는
하나도 몰라.
친구 아빠가 교수님인데,
성경에는 지어낸 부분이
많다고 하셨어.

그럼 이스라엘이 400년 동안 노예로 있다가 애굽에서 나오게 되었는데, 마침 그날에 맞춰서 바닷길이 열렸다는 거잖아?
오! 400년 만에 왔는데, 때마침 썰물로 인해 바닷길이 열리는군. 운이 좋았어!!

오! 열렸던 바닷길이 내가 지나가자마자 닫혀버렸군. 역시 운이 좋았어!!
게다가 정확하게 이스라엘 백성들이 지나갈 동안에만 물이 차지 않은 거잖아. 이건 홍해가 갈라진 것보다 더 기적인 것 같은데? ㅎㅎ
럭키가이~!

흠... 그럴 리가 없는데....
절레 절레

또, 성경에는 홍해 가운데가 마른땅이 되고 물은 벽이 되었다고 기록되어 있어.
마른땅?
물이 벽으로?

우리나라에도 특정지역, 특정시기에 가보면 썰물에 의해 물이 빠져서 생긴 바닷길을 볼 수 있는데
진도
무창포
제부도

그 바닷길을 걸어 보면 땅이 마르지 않아서 매우 질퍽거리지?
당연하지 방금까지 물이 있었으니깐~

그건 물이 완전히 차단된 것이 아니라

물의 수위가 낮아진 것이기 때문이야.

그런데 이스라엘 백성들이 건너간 길은 완전히 마른 땅이었어.

또 물이 벽이 되었다고 기록되어 있는데

보이지 않는 강력한 힘에 의해서 물이 완전히 차단되었음을 알 수 있지.

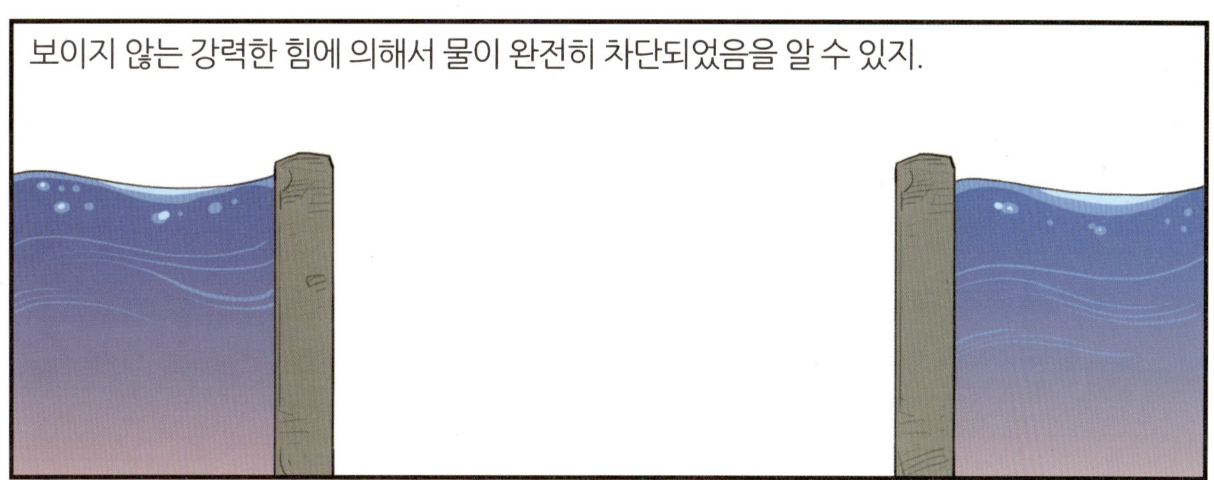

아~~~ 그래서 땅이 말라버린 거였구나?
그렇지~ 이제 좀 이해가 되지?

그런데, 어떻게 물이 벽처럼 될 수가 있지?
사람이 상상할 수 없는 강력한 힘이 작용했던 거지. 마치 하나님이 손으로 바닷물을 막으신 것처럼...

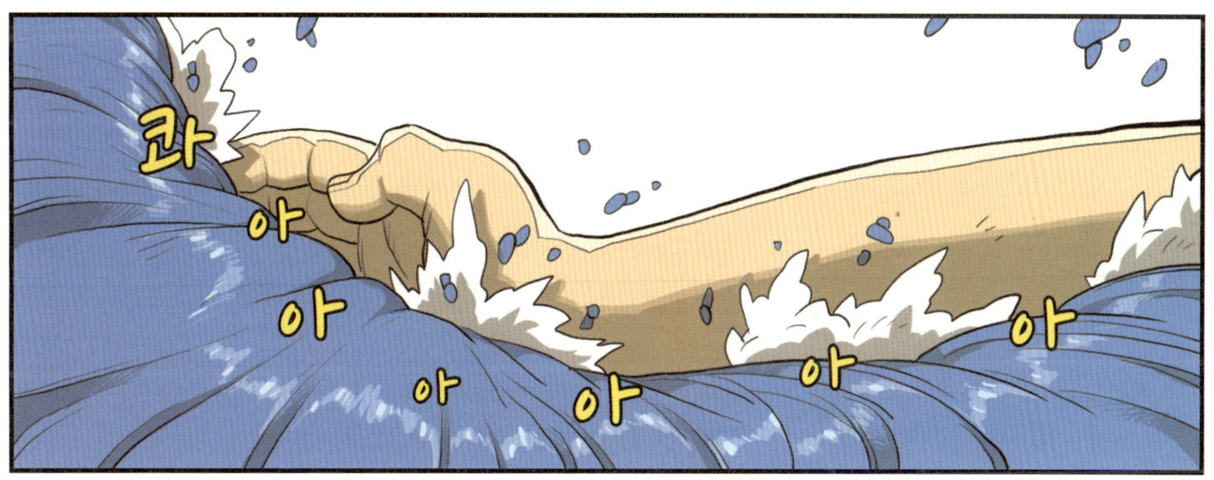

콰
아
아
아
아
아

그리고 갈대바다(Reed Sea)가 전해지는 과정에서 알파벳 'e'가 빠져 홍해(Red Sea)가 된 것이라고 주장하는 사람들도 있는데
Red Sea(홍해)는 잘못 표기된 거야!!!
이스라엘 백성들은 Reed Sea(갈대바다)를 지나간 것이야!
Red Sea ✗
Reed Sea ○
버럭

이스라엘 백성들이 바다를 건넌 것이 아니라 그냥 갈대 사이를 지나간 것이라고 주장하는 거란다.

물?? 갈대??
도대체 어떤게 맞는 거야!?!?

성경에는 많은 것이 담겨있기 때문에 다양한 시선으로 해석될 수 있지만
BIBLE

여기서 한 가지 확실한건 그 대단한 애굽 군사들이 모두 물에 빠져 죽었다는 것이지.

으앗! 갈대가 몰려온다!!!
살려줘~! 갈대가 날 덮치고 있어!!!
이런 건 말도 안되겠지?
응. 바보 같아~
ㅋㅋㅋㅋㅋ

그리고 전문가들이 모여 이스라엘 백성들이 지나갔을 것으로 예상되는 지역을 탐사했는데
척

그 당시 애굽에서 사용했던 병거의 바퀴, 손잡이, 말발굽 등이 발견 되었단다.

이스라엘 백성이 홍해를 건넜다는 것이 고고학적으로도 증명된 것이지.
하지만 친구아빠가 분명히 아니라고 했는데!?
그건 그 분이 성경에 대해서 자세히 모르셔서 그럴꺼야.

[병거가 도입된 배경]

고대 이집트 사람들은 농업을 선호하고 목축을 천시했기 때문에 농업에 도움이 되는 소와 나귀는 많이 길렀지만 전쟁을 할 때에나 사용되는 말은 기르지 않았습니다. 말이 많이 없었기 때문에 이집트 군대의 중심전력은 말과 병거로 구성된 기병이 아니라 손도끼와 단검으로 무장한 보병들이었지요.

그러던 중 기마부대를 거느린 셈족이 이집트에 쳐들어왔는데, 도끼와 단검을 든 이집트 군사들은 말을 타고 달리며 활을 쏘고 단창을 던지고 말위에서 장창을 휘두르는 셈족을 당해낼 수가 없었습니다. 이집트 군대는 셈족의 군대에 처참하게 패배하였지요. 그리고 이집트는 셈족의 힉소스 왕조에게 약 80년간 지배를 받게 됩니다.

이집트는 해방을 위해 말과 병거를 외국에서 몰래 수입하여 힘을 키웠고 결국 셈족을 몰아내게 됩니다. 셈족을 몰아낸 이집트는 이와 같은 치욕을 되풀이 하지 않기 위해 말과 병거부대를 강화시켰고, 막강한 기마부대를 거느리게 된 것이지요.

출애굽한 이스라엘 백성들을 추적했던 부대가 이 병거부대랍니다.

홍해를 건넌 이스라엘 백성

하나님을 믿지 않는 사람들 중에서도 성경을 제대로 연구한 사람은 성경을 사실로 인정한단다.
아니, 이럴수가!
정말 성경 그대로네!
자세히 연구해보니 성경은 사실이었습니다!

그럼 홍해가 갈라진 것. 이스라엘 백성이 건너간 것. 물이 다시 차서 애굽 군대가 전멸한 것. 모두 사실이네!?
당연하지~!

다 사실이었다니!!! 멋져 멋져! 나도 모세처럼 될 거야!!
못 믿겠다고 하더니~~ 엉터리!!

이 하나님께서는 지금도 동일하게 역사하고 계시지.
그럼 어항물을 다시 한번 갈라볼까?

꼭 물이 갈라진다는 것이 아니라^^;
홍해가 갈라졌듯이 우리의 힘으로 불가능한 일들도 하나님이 역사하시면 가능하게 된다는 것이야.

이렇게 홍해를 통하여 하나님의 큰 능력을 본 이스라엘 백성들은 하나님을 인정하게 되었고 그들이 원망했던 모세도 믿게 되었지.

당신을 원망한 것 미안했어요.
이젠 진짜 믿을게요!

하나님 만세!!!
모세도 만세!!!
와아
할렐루야
와아아

사람들이 이제는 모세님을 완전히 믿게 되었네. 완전 잘됐다~! 하하
와락

역시 해피엔딩이네. 아빠, 모세이야기~ 생각보다 재미있었어!
어라! 기쁨아 모세이야기는 아직 끝나지 않았어~ 이제 겨우 절반 정도 했을 뿐이야

이제부터 이스라엘 백성의 새로운 삶이 시작 될 거야.
엥? 홍해가 갈라졌는데?? 홍해사건으로 모세 이야기는 끝나는 거 아닌가!?!?
새로운 삶???

오랫동안 바로의 손에 잡혀서 애굽의 노예로 살던 이스라엘 백성들이
바로·애굽·노예
철커덩

완전히 해방되어 새로운 삶을 시작하게 된 거야.
영원한 해방!
NEW LIFE

이것은 우리가 사단의 손에 잡혀서 세상의 노예처럼 살다가
사단·세상·죄
덜컹

그리스도를 통해서 완전히 해방되어 새로운 삶을 얻은 모습을 나타내지.
NEW LIFE
새로운 삶!!!

와~! 그러면 우리도 새로운 삶을 살고 있는 거네??
New Life??

물론이지~! 그리스도를 만나서 하나님 자녀의 신분을 얻고 하나님과 함께하는 새로운 삶을 살고 있는 거란다.

하나님 자녀!
새로운 삶의 시작!
NEW LIFE !!!
파앗
빙글

홍해의 기적은 많이 들어봤는데, 이런 이야기는 처음 듣는 것 같아!
홍해 사건에만 집중하다가 New Life를 잊으면 곤란하겠지?

홍해는 하나님 자녀라면 당연히 건너게 되는 하나의 과정일 뿐이니까.

당연히???
그럼 누구나 건널 수 있는 거야??
기쁨이 예리한데?? ㅎㅎ

홍해는 하나님 자녀라면 누구나! 당연히! 건널 수 있는 거야. 이스라엘 백성들이 믿음으로 홍해를 건넌 건 아니었잖아?
그렇긴 하지...

애굽 군대가 몰려와서 어쩔 수 없이 뛰어든 것이지.
물이 다시 차면 어떡하지?
애굽 군대가 몰려오고 있는데 지금 그런 걸 따질 때야?
여기서 죽는 것보단 낫겠지

하긴, 모세한테 시위까지 했었지? 님들~홍해 건널 자격 없습니다요.
그땐 우리가 믿음이 부족해서...

완전히 공짜로 얻은 NEW LIFE네???
하..하하.. 하나님께 감사할 따름이지요.
굴쩍 굴쩍

홍해를 건넌 건 사람의 노력도 믿음도 아닌 하나님 자녀라는 신분이었던 거야.
신분 그 자체가 홍해를 통과할 때 필요한 티켓이었다고 할 수 있지.

짜~잔!! 이것이 홍해를 건넌 신분 티켓 입니다!!
신분 티켓

이렇게 새로운 삶을 얻은 이스라엘 백성들은 감사의 축제를 벌이지.
우리 하나님께 찬양드립시다.
할렐루야~
하하하
하하
할렐루야
하하하

내가 뭐랬어? 하나님이 우리를 구하실 거라고 말했잖아!
나는 홍해가 갈라질 줄 알았다니까! 하나님이 우리를 버리실 리가 없지!
그러게 말이야. 사람들 믿음 없기는...

애굽 군대가 몰려오니깐 애굽으로 다시 돌아간다고 소리치던 양반들이 말은 잘해요! 그만들 떠드시고 합창을 준비한다니까 찬양대에 합류하도록 하세요~

우리가 주님을 찬송하리라. 그분께서 말과 기병을 바다에 처넣으셨도다!
오, 주님!
할렐루야!

여호와는 나의 힘이요 노래시며 나의 구원이 되셨네. 그가 나의 하나님이시니 내가 그를 찬양할 것이요. 내가 그를 높이리라~
와아아
와아아
할렐루야

그가 바로의 병거와 그의 군대를 바다에 던지시니
최고의 지휘관들이 홍해에 잠기고, 깊은 물이 그들을 덮었으므로
그들이 돌처럼 깊은 바다에 가라앉고 말았네~

신들 중에 주와 같은 자가 누구입니까~ 주와 같이 거룩함으로 영광스러우며 찬송할 만한 위엄이 있으며, 기이한 일을 행하는 자가 누구입니까~

주께서 오른손을 드시니 땅이 그들을 삼켜 버렸네~

이스라엘 백성들은 밤이 늦도록 춤추고 찬양하며 출애굽의 기쁨을 만끽했단다.

이스라엘에 다가오는
또 다른 위기

다음 날 아침. 이스라엘 백성들은
약속의 땅을 향한 여정을 시작하고
출발!

수르광야를 지나가게 되는데,
이 광야는 굉장히 건조해서
물이 없이는 버티기 힘든 곳이었어.
휘잉~

이 수르광야를 걸은 지 3일이 지나도록 물이 발견되지 않자
이스라엘 백성들은 서서히 지쳐갔지.
휴...
허벅
터벅
터벅
응애

엄마~~ 목이
말라서 더 이상은
못 가겠어요...
엄마, 나도!!
목이 타는 것 같아!!!

물.. 물... 물......
어떡해..ㅠㅠ

도대체 언제까지 이렇게 가야 되요?
하루 빨리 물을 구하지 않으면 모두 죽게 될지도 모릅니다.
이러다가 우리 애들 다 죽겠어요!
오~주여, 이젠 어떻게 해야 합니까!?

찾았다~~~ 드디어 찾았어!!!
?
화들짝

드디어 물, 물을 찾았어!!!
정말요??
오 주여~ 감사합니다!

수르 광야를 걸은 지 사흘이 되던 날 다행히 물이 발견되었지.

물이다, 물!!!
벌컥 벌컥

으~~~악!!!
커
켁

하지만 발견된 물은 너무 써서
마실 수 없는 물이었고
너무 써!!!
이 물은 도저히
못 먹겠어!!!
뭐라고!!!
????
쿠잉...

이스라엘 사람들은 크게 동요하게 되지.
마실 수 없는
물이래요...
맙소사....
그럼 이제
우리 어쩌죠?

홍해를 건너고 광야를 지나던
이스라엘 백성들에게
또 다른 큰 위기가 찾아온 것이지.

이스라엘의 지도자 모세는
이 위기를 어떻게 극복 할 것인가..

또 하나님은 어떤 계획을
가지고 계신 것일까...

… … …

쏙쏙 들어오는 모세이야기 2권에서는...

'쏙쏙 시리즈' 첫 번째 이야기

쏙쏙 들어오는 모세이야기 1

초판발행 2012년 5월 25일
글·그림 알티나인

펴낸이 이재숭, 황성연
펴낸곳 하늘유통

주 소 서울특별시 중랑구 상봉동 136번지 1호 성신빌딩
등 록 제306-2008-17호 (2008)
ISBN 978-89-923-2002-3 (03230)

총 판 하늘물류센타

전 화 031-947-7777
팩 스 031-947-9753

정가는 뒷표지에 있습니다.
잘못 만들어진 책은 구입한 곳에서 친절히 바꾸어 드립니다.